KB075007

작별인사

작별인사

김영하

장편소설

복복서가

머지않아 너는 모든 것을 잊게 될 것이고,

머지않아 모두가 너를 잊게 될 것이다.

—마르쿠스 아우렐리우스

차례

자작나무숲에 누워 나의 두 눈은 검은 허공을 응시하고 있다. 한 번의 짧은 삶, 두 개의 육신이 있었다. 지금 그 두번째 육신이 죽음을 앞두고 있다. 어쩌면 의식까지도 함께 소멸할 것이다. 내가 겪은 모든 일이 머릿속에서 폭죽 터지듯 떠오르기 시작한다. 한때 회상은 나의 일상이었다. 순수한 의식으로만 존재하던 시절, 나는 나와 관련된 기록들을 찾아다녔다. 그리고 기억을 이어 붙이며 과거로 돌아갔다. 그때마다 이야기는 직박구리가 죽어 있던 그날 아침, 모든 것이 흔들리던 순간에서 시작됐다.

직박구리를
묻어주던 날

그 무렵 나는 매일 아침 눈을 뜨면 바로 운동화를 꿰어 신고 나가 달렸다. 달리기 시작하는 순간부터 기분이 좋았다. 몸이 팽팽하게 조여지는 느낌이었다. 그런데 그날은 달리기를 마치고 집으로 돌아오는 길에 연석 옆에 떨어져 죽은 새 한 마리를 보았다. 아직 어린 잿빛 직박구리였다. 하늘을 날다가 힘에 부쳐 그대로 떨어진 걸까? 아니면 불의의 기습을 받아 추락한 걸까? 나는 쪼그리고 앉아 죽은 직박구리를 살폈다. 아는 녀석일까? 아빠가 발코니에 새 모이통을 놓아둔 이후로 온갖 새들이 날아온다. 곤줄박이는 체구는 앙증맞아도 겁이 없다. 손에 모이를 올려놓으면 태연히 날아와 쪼아먹는다. 직박구리는 곤줄박이보다 크지만 겁은 더 많아서 내 손바닥의 모이는 꿈도 꾸지 않는다. 주황색 가슴의 딱새는 덤불 사이를 어지럽게 날아다니며 포식자들을 피한다. 녀석들도 틈틈이 모이통을 노린다. 영리한 새들을 볼 때마다 신기했다. 콩알만한 뇌로 어떻게 저 모든 일을 해내는 걸까? 녀석들은 시력과 기억력도 좋아서 아빠와 내가 같이 손을 뻗고 있어도 내 손바닥에 있는 모이만 먹었다. 언젠가 한번 아빠가 장난으로 위협한 것을 잊지 않고 있는 것 같았다.

그날도 갈릴레오와 칸트는 발코니 창 앞에 앉아 고도의 집중력으로 새들이 모이를 먹는 장면을 지켜보았다. 때로는 몇 시간 동안 보기도 했다. 가만히 앉아 있는 것 같아도 눈동자는 부지런히 새들의 움직임을 좇았다. 몸도 움찔움찔거렸다. 사냥이라곤 한 번도 안 해본 녀석들이 유리창 너머의 새들을 노리는 모습이라니. 그런 게 본능이라는 것이겠지.

"아빠, 직박구리가 죽어 있어요."

아빠는 아침을 준비하고 있었다. 밤새 불려놓은 생아몬드를 믹서에 가느라 소리가 요란했다. 아빠는 그렇게 만든 아몬드 밀크를 시리얼에 부어 먹는 걸 좋아했다.

"뭐라고?"

"죽어 있다고요."

"누가?"

"직박구리가요."

아빠는 주방 창으로 밖을 살폈다.

"저놈도 직박구리 아니냐?"

"맞아요."

직박구리 한 마리가 가지와 가지 사이를 날아다니고 있었다.

"그러고 보니 한 마리가 안 보이는 것 같네."

"그렇다니까요. 저는 샤워 좀 하고 올게요."

옷을 벗어던지는데 더러운 털뭉치처럼 길바닥에 누워 있을 작은 새에 자꾸 마음이 쓰였다. 나는 다시 옷을 주워 입었다.

"샤워한다더니?"

아빠는 시리얼을 먹다 말고 물었다.

"좀 묻어주고 오려고요. 삽 어딨죠?"

"창고에 있을 거야. 쓰고 흙 잘 털어서 제자리에 갖다두렴."

직박구리는 그 자리에 그대로 있었다. 나는 삽으로 사체를 들어올려 우리집 정원으로 왔다. 철쭉이 심겨 있는 화단 한구석에 작은 구덩이를 팠다. 다행히 땅이 아직 단단히 얼진 않았다. 직박구리를 구덩이 안으로 밀어넣고 부드러운 흙으로 덮어주었다. 그리고 삽등으로 흙을 살살 다져주었다. 다 끝났지만 그 자리를 떠나지 못하고 한참을 서 있었다. 가슴속에 치밀어오르는 감정이 있는데 그게 뭔지 말로 표현할 수가 없었다.

슬픔일까, 아니면 죽음에 대한 두려움일까? 내 감정은 마치 상점의 쇼윈도 안에 들어 있는 것 같다. 볼 수는 있지만 손으로 만질 수는 없는.

삽을 정원 창고에 넣고 돌아서는데 아빠가 창가에 서서 나를 바라보고 있었다. 운동화를 벗고 거실로 들어가니 하던 일을 멈추고 내 표정을 빤히 쳐다봤다.

"잘 묻어줬니?"

"다 보셨잖아요."

"어떻게 묻어줄 생각을 다 했어?"

"몰라요. 놔두면 안 될 것 같아서요. 어디가 아팠을까요? 아니면 혹시 물을 못 먹어서 죽은 걸까요?"

늘 발코니에 물을 놔두었는데 지난주 기온이 영하로 떨어지면서 물그릇을 집안으로 들였다가 다시 내놓는 것을 잊어버렸다. 내 잘못이라는 생각에 마음이 무거웠다.

"네 잘못 아니야. 죽음에는 수천 가지 이유가 있단다."

나는 이층으로 올라가 샤워를 했다. 뜨거운 물로 온몸을 깨끗이 씻자 기분이 조금 나아졌다. 묻어주기를 잘했다는 생각이 들었다. 그러지 않았다면 하루종일 찜찜했을 것이다. 새 옷으로 갈아입고 주방으로 내려가 아몬드 밀크와 오트밀을 먹었다. 아빠는 이미 아침을 다 먹고 거실 테이블 앞에 앉아 있었다.

"얼른 먹고 이쪽으로 와. 공부 시작해야지."

한자 수업을 하려는 것이었다. 아빠 말로는 한글을 사용하는 한국인과 한자를 사용하는 중국인은 책을 읽을 때 뇌의 서로 다른 부분이 활성화된다고 한다. 한자는 그림으로 뜻을 나타내는 글자인 반면 한글은 자음과 모음을 결합해 소리만 표시하는 문자라서 그렇다는 것이다. 무슨 뜻인지 나는 잘 모르겠지만 그 무렵 아빠는 한자의 세계에 푹 빠져 있었다. 교재는 『천자문』이었다.

"이 책은 단순한 한자 학습서가 아니라 고대 중국인들의 세계관을 담은 인문서란다."

그는 『천자문』의 첫 문장인 '천지현황(天地玄黃)'을 예로 들었다. 하늘은 검고 땅은 누르다.

"하늘이 왜 까매요? 파랗잖아요."

그는 손으로 창밖을 가리켰다.

"지금 하늘은 어때?"

날씨가 흐려 하늘이 잿빛 구름으로 가득했다.

"지금은 회색이죠. 하지만 저 구름 뒤에는 파란 하늘이 있잖아요."

"그 파란 하늘 위에는 뭐가 있을까?"

그렇구나. 파란 하늘 너머에는 검고 광막한 우주가 있겠구나.

"옛날 중국 사람들이 그걸 어떻게 알았대요?"

"중국인들은 낮의 하늘이 아니라 밤의 하늘이 본질에 가깝다고 생각했던 것 같아. 낮의 하늘은 자꾸만 변하기 때문에 믿을 수가 없었던 거야. 아침엔 붉었다가 낮에는 파랬다가 저녁엔 다시 붉어지잖아? 흐린 날에는 회색이고. 하지만 밤은 늘 검지. 그리고 중국인들은 밤하늘의 별을 보며 점을 쳤기 때문에 밤하늘이 더 의미가 있었을 거야. 지금 생각해보면 중국인들이 옳았어. 검고 어두운 하늘이 진실에 가깝지. 낮에는 태양의 강렬한 빛 때문에 오히려 우주의 본모습이 가려진 거고. 지금도 우주 관측은 깊은 산속의 천문대에서 밤에 하잖니."

수업은 늘 이런 식이었다. 그래서 진도는 매우 느릴 수밖에 없었다. 그는 내가 인류의 오래된 지혜들을 꼭 배워야 한다고 했다. 아무리 세상이 빨리 변해도 변치 않는 것이 있고, 기술이 눈부시게 발전해도 인류가 이룩해온 문명의 본질은 달라지지 않는다고 믿었다.

"가만있자. 오늘 공부할 부분이 어디였더라?"

"아까 그 직박구리 말이에요."

아빠는 『천자문』을 뒤적이다 고개를 들었다.

"그 기분이 뭔지 잘 모르겠어요. 슬프기도 하고 조금 화가 나는 것 같기도 하고 뭔가 무섭기도 했어요. 마음이 그렇게 복잡혔는데 뜨거운 물로 샤워를 하니까 또 금방 기분이 나아졌어요."

그는 잠시 생각하더니 흰 종이에 네 글자를 적었다.

宇宙洪荒.

"이 문장 기억나지?"

물론이었다. 『천자문』의 시작인 '천지현황'의 다음 사자성어 '우주홍황'이다.

"우주는 넓고 거칠다. 그런데 『천자문』의 우주는 엄밀히 말하자면 우리가 지금 말하는 그 우주가 아니란다. 집 우(宇)는 집의 대들보에서 비롯된 글자로 공간을 뜻하고, 집 주(宙)는 밭(田)에 싹이 움트는 모양에서 온 것으로 즉, 시간의 변화를 의미하지. 그러니까 이 문장은 공간과 시간이 넘치도록 크고 황량하다는 뜻으로 읽어야 돼. 그런데 이건 지금 우리가 알고 있는 우주의 특성이기도 하지. 우주의 대부분은 그냥 텅 비어 있단다."

갑자기 왜 우주 이야기를 하는지 궁금했다.

"중국인들은 이 세계를 커다란 집이라고 이해했던 것 같아. 그런데 그 집이 너무 거대하고 휑하다는 걸 깨달은 거야. 나는 인간의 마음도 마찬가지라고 생각해. 20세기 후반부터 과학자들은 인간의 뇌를 곧 완벽하게 이해할 수 있을 거라고 자신했지. 두려움이나 기쁨 같은 특정한 감정을 관장하는 어떤 부위가 있을 거고, 그런 것을 찾아내면 감정의 비밀도 쉽게 밝혀질 거라고 믿었던 거야. 그러나 알면 알수록 그게 간단치 않다는 게 밝혀졌을 뿐이야. 유전자 지도만 파악하면 인간을 알 수 있다고 믿었던 만용과도 일맥상통하는 근거 없는 자신감이었지. 아무리 간단한 감정이라도 그걸 느낄 때는 뇌와 몸의 모든 부분이 함께 작용해야 돼. 예를 들어 배가 고프면 초조해지고 화가 나지? 소화기관들이 뇌와 신호를 주고받기 때문이거든. 인간의 뇌는 마치 우주와 같아서 알면 알수록 모르는 게 많아지고 있어. 철이 네 뇌는 이제 막 생겨나고 있는 우주라고 보면 될 거야. 이해하기 어려운 게 당연해. 너는 네 마음과 감정을 이제 막 알아가기 시작했어. 잘 모를 수밖에 없지. 하지만 앞으로 많은 것을 경험하고 느끼고 생각하다보면 더 진실하고 깊어질 거야. 너무 걱정하지 않아도 돼."

아빠와의 홈스쿨링이 나빴던 건 아니다. 그는 좋은 선생이었다. 하지만 나는 학교라는 곳에 가고 싶었다. '홈스쿨링'이라는 말부터가 '스쿨'을 전제로 한 말 아닌가. 그는 나에게 고전소설도 많이 읽혔는데, 내 나이 또래의 청소년이 주인공인 소설은 하나같이 학교를 주된 배경으로 설정하고 있었다. 물론 주인공들은 학교에서 왕따도 당하고, 얻어맞기도 하며, 집단생활에서 스트레스를 겪기도 한다. 그래도 거기에는 친구라는 존재가 있었다. 마음을 나누고, 서로를 돕는 친구들. 그는 가끔 나를 연구소 가족 동반 모임에 데려갔고, 그럴 때면 다른 연구원의 아이들을 만날 수 있었다. 우리는 뻘쭘하게 앉아 자기소개를 하고, 별 재미없는 보드게임을 하면서 어른들의 시간이 끝나기만 기다렸다. 어른들은 아이들이 쉽게 친구가 될 수 있다는 이상한 믿음을 갖고 있는 것 같았다. 오늘은 친구랑 뭘 하며 놀 거니? 다른 집에 놀러갈 때면 그는 그렇게 묻곤 했는데, 그때마다 이해가 잘 안 됐다.

"우리 친구 아닌데요? 몇 달 전 잠시 만나 보드게임을 같이 하면서 잘 기억도 나지 않는 대화를 좀 나눴을 뿐인데요."

제대로 된 친구가 무엇인지는 몰라도 그런 관계는 친구가 아니라는 것쯤은 알 수 있었다.

하루는 내가 말했다. 나도 학교에 가고 싶다고. 그는 연구소의 아이들 중 학교에 다니는 아이는 없다고, 어딘가 변명처럼 들리는 말을 했다. 학교는 20세기의 산물이며 21세기 초반에 그 유용성을 이미 상실했다는 것이다.

"과거에 학교는 일종의 수용소였단다. 부모들이 직장에 나가 일할 수 있도록 나라가 맡아주었던 거야. 피가 뜨거운 십대들을 모아놓았으니 늘 문제가 생겼지."

그는 20세기 초반의 건물들 사진 여러 장을 보여주었다. 내가 학교라고 본 건물은 공장이었고, 공장이라고 생각한 건 교도소였다. 상상하던 모습과 너무 달랐다. 20세기의 인간들은 붉은 벽돌과 회색 콘크리트를 좋아했던 것 같다. 어디에서나 그 칙칙한 벽돌과 더 칙칙한 콘크리트가 보였다.

"이래도 학교에 가고 싶니?"

나는 아니라고 했다. 그렇다고 말하면 자기 교육 방식에 자부심을 갖고 있는 그가 상처받을 것 같아서였다.

당신은
우리와 함께 가야 합니다

서쪽 창으로 낮게 들어오던 빛이 사그라들자 차분히 가라앉아 있던 연구소의 공기도 달라지기 시작했다. 연구원들은 하나둘 컴퓨터에서 로그아웃하고 자리에서 일어났다. 아빠는 내게 다가와 내가 보고 있던 책을 살폈다.

　"『오즈의 마법사』구나. 재밌니?"

　"네. 벌써 세번째 읽는 거예요."

　"그러고 보니 철이는 주인공이 멀리 모험을 떠나는 이야기를 좋아하는구나. 『서유기』 『반지의 제왕』도 자주 읽잖아."

　듣고 보니 그랬다.

　"『오즈의 마법사』에서는 어떤 캐릭터가 제일 좋아?"

　"아직 잘 모르겠어요."

"나는 어릴 때 겁쟁이 사자를 제일 좋아했어. 사자인데 겁이 많다니 귀엽잖아? 자, 이제 그만 집에 가자. 가서 마저 읽으렴."

남아서 계속 일을 할 연구원들은 아빠가 퇴근하기 전에 이것저것을 묻고 지시를 받았다. 그는 별것 아닌 질문에도 신중하게 대답했다.

연구소 밖에는 미리 불러둔 모바일캡슐이 우리를 기다리고 있었다. 자율 주행하는 캡슐에 탑승하기만 하면 캠퍼스 안에 있는 집까지는 금방이다. 일찍 퇴근해 정원 일을 하는 사람들, 아이와 함께 플라잉디스크를 던지며 노는 사람들이 보였다. 옆집에는 얼마 전부터 인도 출신의 수학자가 이사 와 살고 있었다. 수학자는 정원을 손질하다 우리와 마주치자 손을 흔들어주었다. 열린 문틈으로는 희미하게 강황 냄새가 풍겼다. 수학자는 세 살짜리 딸과 귀여운 새끼 돼지와 함께 살고 있었는데 딸보다는 돼지 자랑을 더 많이 했다. 얼마나 똑똑한지 모른다는 것이다.

집으로 들어가니 언제나처럼 고양이들이 우리를 반겼다. 꼬리를 빳빳이 세운 녀석들은 애옹애옹 울면서 머리를 정강이에 비벼댔다. 데카르트, 칸트 그리고 갈릴레오라는 이름을 갖고 있었지만 큰 의미는 없었다. 학부에서 철학을 전공하고 박사학위는 '인공지능의 윤리적 선택'을 주제로 받은 아빠식 작명법이었다. 늘 몸을 웅크리고 앉아 있어 마치 깊은 사색에 빠진 것처럼 보인다고 해서 데카르트, 정확한 스케줄에 따라 먹고 자고 싼다고 해서 칸트라고 명명되었다. 책상 위에 있는 물건을 툭하면 밀어 떨어뜨리는 녀석은 마치 낙하 실험을 하는 것 같다고 하여 갈릴레오가 되었다(녀석이 늘 올라가 있는 캣타워는 피사의 사탑으로 불렸다). 내 이름 '철이'도 '철학'에서 따온 것이라고 했다. 칸트와 갈릴레오는 어미를 잃고 빈사 상태에 빠져 있는 것을 아빠가 산책길에 발견해 데려왔다.

고양이는 그에게 지적 자극을 주는 존재였다. 이 유연하고 민첩한 포유동물은 수천 년 전과 똑같이 거리에서 인간의 동정심을 자극해 살아남았고, 그런데도 개나 말처럼 충분히 길들여지지 않았다.

"고양이는 인간의 행동을 유심히 관찰하고 그에 맞춰 행동을 하지만 철저히 자기중심적이야. 타고난 나르시시스트거든. 주인을 위해 자신을 희생한다거나 절대적으로 복종한다거나 하지 않아. 그런데도 이놈들은 그 어느 때보다도 인간들의 사랑을 받고 있어. 이기적인 인간은 다들 싫어하면서 왜 자기밖에 모르는 고양이한테는 사족을 못 쓰는 걸까?"

완벽한 고양이 로봇을 만드는 것은 그의 오랜 꿈 중의 하나였다. 개를 닮은 로봇은 양산되고 있었지만 고양이는 그러지 못했기 때문이다. 독립적이고 도도하면서도 인간의 사랑을 듬뿍 받는 로봇이라는 게 과연 가능할까? 사람들은 그런 로봇 고양이를 구매할까? 그는 꽤 오랫동안 취미 삼아 고양이 로봇을 설계했고, 그렇게 해서 탄생한 녀석이 바로 데카르트였다. 연구소 엔지니어들도 모두 고양이를 좋아했기 때문에 기꺼이 자기 시간을 내서 프로젝트에 도움을 주었다. 다들 고양이에게 바라는 게 달라 데카르트의 성격을 설정하는 데 꽤나 애를 먹었다. 애교가 넘쳐야 한다, 아니다, 그러면 고양이가 아니다. 고양이는 고고해야 한다. 무엇보다 잠을 많이 자야 한다, 아니다, 잠을 너무 많이 자면 소비자들이 지루해한다. 여러 의견이 충돌했다. 데카르트에 대해 그는 딱 하나만 주장했고 나도 거기에 동의했다.

"욕심 많고 이기적이어야 돼. 고양이는 그래야 귀여워."

그러나 사공이 많은 배는 산으로 갔다. 데카르트는 이도 저도 아닌, 그냥 좀 모자란 고양이가 되었다. 데카르트가 집에 오던 날, 칸트와 갈릴레오는 처음에는 털을 부풀린 채 적대적이었다. 그러나 시간이 지나자 데카르트를 받아들였다. 운동능력도 떨어지고 식탐도 없는 데카르트를 녀석들은 좀 덜떨어진 어린 고양이로 여겼다.

우리는 고양이들을 차례로 쓰다듬어준 다음, 전날 먹다 남긴 라자냐를 데워 먹었다. 남은 음식은 생분해되는 그릇과 함께 중앙집중처리센터로 보내졌다. 설거지는 언제부터인가 내일이 되었지만 일이랄 것도 없는 게, 모든 것을 쓸어 모아 주방한구석에 있는 튜브에 집어넣기만 하면 되었다. 사용한 뒤에는 이중으로 되어 있는 튜브의 뚜껑을 반드시 닫아주어야 했다. 그러지 않으면 고양이들이 들어간다고 아빠는 여러 번 강조했다. 뚜껑을 닫고 버튼을 누르자 슈우웅 하는 상쾌한 소리와 함께 남은 음식과 식기가 눈앞에서 사라졌다. 휴먼매터스에서는 모든 게 이런 식이었다. 보고 싶지 않은 것들은 간단하게 어디론가 보내버릴 수 있었다. 그것들이 어떻게 되는지는 아무도 신경쓰지 않았다. 나는 바깥세상에 무엇이 있는지 전혀 몰랐고 알 필요도 없었다. 이곳이 엄청난 돈을 벌어들이는 회사의 보호 아래, 선택받은 소수가 편안하고 쾌적하게 살아가는 일종의 섬이라는 것도 전혀 몰랐다.

손을 깨끗이 씻은 나는 이제 장난감 낚싯대를 휘두르며 고양이들과 장난을 치기 시작했다. 아빠가 하루 중 유일하게 환히 웃는 때였다. 잡아봐야 먹을 수도 없는 깃털을 잡겠다고 펄쩍펄쩍 뛰는 고양이들은 그의 고단한 일과가 비로소 끝났다는 것을 알려주는 일종의 기분 전환제였다. 세 학자 고양이는 곧이 깃털 사냥에 흥미를 잃더니 갑자기 자기들끼리 쫓고 쫓기기 시작했다. 갈릴레오가 칸트를 쫓고, 칸트는 모른 척 외면하고 있는 데카르트를 덮쳤다. 그 결과 세 놈이 모두 흥분하여 사방으로 우다다다 내달리기 시작했다.

"저는 이젠 데카르트가 로봇이라는 것도 자꾸 잊어버리게 돼요. 다른 냥이들의 행동을 학습해서 그런 거겠죠?"

"데카르트만 학습을 하는 건 아니야. 자세히 살펴보면 칸트와 갈릴레오도 데카르트의 행동을 보고 따라 한단다. 그래서 결국은 서로 비슷해지는 거야. 서로 닮아가는 거지."

그는 자리에서 일어나 산책 나갈 준비를 했다. 요즘 살이 쪘다며 저녁을 먹은 후에는 운동 삼아 동네를 걸어다니곤 했다. 그러나 다녀오면 다시 배가 고파져서 야식을 먹기 때문에 다이어트에는 오히려 역효과였다. 수백만 년 전, 하루종일 초원을 달리며 살도록 진화한 인간의 몸은 여전히 끝없는 활동을 요구하고 있었다. 그러지 않으면 살이 찌고, 피가 달고 걸쭉해지면서 혈관이 막혀버린다고 했다.

나는 창밖을 바라보았다. 겨울로 접어들면서 손바닥만한 포플러 낙엽들이 떨어져 뒹구는 거리 위로 주황색 노을이 지고 있었다.

"저도 가면 안 돼요?"

그날따라 나는 집안이 좀 답답하게 느껴지던 참이었다. 그러나 아빠의 표정은 바로 굳어졌다.

"아침에 운동 다녀왔잖니. 자주 나가는 건 위험해. 웬만하면 그냥 집에 있으렴."

나라 어디선가 일종의 내전이 벌어지고 있다는 것은 나도 알고 있었다. 뉴스에서는 날마다 정부군이 산악 지역의 게릴라를 소탕하고 있다는 소식이 나왔다. 평양과 서울 시내에서도 테러가 잇따랐다. 그때마다 정부는 테러에 가담한 테러리스트와 조직을 반드시 찾아내 응징하겠다고 경고했고, 사살한 시체들을 거리에 나란히 눕혀놓았다. 가오리를 닮은 마름모꼴의 대형 전투 드론들이 연구소 상공을 지나가곤 했다. 그러나 휴먼매터스의 캠퍼스는 언제나 평화롭고 안온했기 때문에 실감은 전혀 나지 않았다. 마치 가상 세계에서 벌어지는 게임처럼 느껴졌다.

"여기는 휴먼매터스 캠퍼스잖아요. 누가 여기까지 들어와서 테러를 하겠어요."

"세상일을 누가 알아."

"그럼 마당은 나가도 되죠?"

그는 그러라고 하지는 않았지만 그렇다고 나가지 말라고도 하지 않았다. 묵시적 허락으로 해석한 나는 스니커즈를 대충 구겨 신고 마당으로 나갔다. 인도 수학자는 그때까지 정원에서 허리를 굽힌 채 잡초를 뽑고 있었다.

"귀찮지 않으세요? 그런 걸 왜 손수하세요?"

내 질문에 그녀가 허리를 폈다.

"기분 전환이 되거든. 이렇게 재미있는 걸 로봇을 시킬 수는 없지."

그녀는 문득 서쪽을 보더니 자기가 떠나온 벵골의 하늘 같다고 말했다. 대동강 하구의 하늘이 오렌지빛으로 장엄하게 물들고 있었다.

"노을은 왜 생겨요?"

내 질문에 그녀가 대기의 산란 현상이니 빛의 굴절이니 하는 말을 주워섬겼지만, 잘 알고 하는 말 같지는 않았다.

"내일 아침노을의 모양을 수학으로 정확하게 계산할 수 있어요?"

수학자는 허리를 젖히며 고갯짓했다.

"저 호스의 버튼을 누르면 너한테 물이 날아갈 거라는 것 정도는 예측할 수 있지. 하지만 날아가는 물방울들이 어떤 모양일지는 모른단다. 충분한 데이터, 그러니까 정말로 충분한 데이터가 주어진다면 어느 정도는 가능하겠지만 설령 그렇다 해도 내일 아침까지는 너무 많은 변수가 있어서 노을이 정확히 무슨 색일지, 어떤 모양일지를 수학적으로 모델링하는 건 사실상 불가능하단다. 그건 마치 커피에 크림을 떨어뜨린 후에 정확히 어떤 모양으로 퍼져갈지를 예측하는 것과 비슷해. 예측할 필요가 없어서일 수도 있어. 노을 같은 무해하고 장엄한 카오스는 그냥 감상하면 그만이야. 뭐하러 예측을 하겠어? 노을이 우릴 죽이는 것도 아닌데."

"정말 미래는 알 수 없는 거네요."

"미래는 알 수 없다는 것도 확실한 사실은 아니야."

"그게 무슨 뜻이에요? 그럼 미래를 알 수도 있다는 거예요?"

"그건 '미래'라는 말이 뭘 의미하느냐에 달렸어."

그때 나는 그녀가 말장난을 하고 있다고 생각했다. 지금은 안다. 그녀는 우주의 시간에 대해 말하고 있었던 것이다. 지구의 시간과 우주의 시간이 다르다는 것, 아니, 시간 자체가 지구에 사는 인간 중심의 개념일 뿐이라는 것을 그때의 나는 몰랐으니까. 어쨌든 내가 그녀의 말을 이해하지 못하면서 대화는 더 나아가지 못했다. 그녀는 빙긋이 웃으며 잡초를 모아 태웠다. 나는 빠르게 타올랐다 바로 사그라드는 화로 속의 불꽃들을 말없이 내려보고 있었다. 그러는 사이 후드 달린 윈드브레이커에 러닝화를 신은 아빠가 밖으로 나왔다. 수학자는 그를 보더니 우리집 고양이들이 가끔 자기집 텃밭을 파헤치고 똥을 싸놓는다며 푸념을 했다. 그는 문단속을 잘해서 녀석들을 못

나가게 하겠다고 약속했다.

그는 여느 때처럼 상점가가 있는 소광장 쪽으로 걸어갔다. 가는 길에 간단히 장도 봐올 모양이었다. 뭐 필요한 게 있느냐고 묻기에 나는 새콤한 과일이 좀 먹고 싶다고 말했다. 그는 과일을 좋아하지 않지만 나 때문에 집에 항상 과일을 들여놓았다.

수학자는 이제 흙이 묻은 앞치마를 벗으며 집으로 들어갈 준비를 했다.

"박사님."

그녀가 내 쪽을 돌아보았다.

"응?"

"요즘 캠퍼스 안이 위험해요?"

"글쎄…… 왜 그렇게 생각하니?"

"아빠가 위험하다면서 절대 아무데도 못 가게 하시거든요."

"그래?"

수학자는 내 얼굴과 몸을 새삼스럽게 살피고는 고개를 갸웃거렸다.

"요새 이 나라가 좀 어수선하기는 하지. 하긴 그게 이 나라만의 문제도 아니지만. 그래도 너는 덩치도 크고 힘도 세게 생겼는데 뭐가 그렇게 걱정이실까?"

"제 말이요."

갑자기 후드득후드득 빗방울이 떨어지기 시작했다. 그녀는 조경용 장갑을 벗어 흙을 탈탈 털고는 집안으로 들어갔다. 빗 방울이 갑자기 굵어지기 시작했다. 드디어 소광장으로 갈 명 분이 생겼다. 전에도 우산을 들고 마중을 나간 적이 있었는데 아빠는 내 행동을 꽤 대견하게 여겼다. 나는 현관 신발장에서 우산을 찾아 들고 소광장 쪽으로 향했다. 오 분쯤 빠른 걸음으 로 걸어가자 멀리 후드를 뒤집어쓰고 걸어가는 아빠의 뒷모습 이 보였다. 달리기 동호회 사람들이 경쾌하게 달려 그를 지나 쳐 갔다. 그 순간 거짓말처럼 비가 딱 멈추었다. 아빠는 오른손 을 펴 비가 더이상 내리지 않는 것을 확인하고 후드를 벗었다.

반구형 지붕이 설치된 소광장 무대에서는 현악사중주단이 연주중이었지만 갑자기 내린 소나기로 관객은 하나도 없었다. 날이 꽤 쌀쌀하고 비까지 뿌렸는데도 연주자들은 움츠러든 기 색 하나 없이 하이든을 연주하고 있었다. 그는 잠시 멈춰 서서 연주를 듣다가 고양이 간식을 사려는지 펫 숍으로 향했다. 나 는 펫 숍 앞에서 그가 나오기를 기다렸다가 깜짝 놀래주면 어 떨까 생각했다. 우산은 더이상 필요가 없었지만 그렇다고 이 제 와서 혼자 돌아가고 싶지도 않았다. 하지만 한참을 기다려 도 그는 나오지 않았다. 아마 온갖 성분 표시를 다 읽고 비교 하고 있을 거야. 현악사중주단의 연주는 계속되고 있었다. 언젠가 아빠는 쇤베르크의 음악을 들려주며 소음에 질서를 부여하면 그게 바로 음악이라고 했지만, 그렇게만은 설명할 수 없는 뭔가 신비로운 것이 음악에는 있는 것 같았다. 언어보다 먼저 존재했기 때문일까? 아니면 우주의 영원히 변치 않는 어떤 존재 원리일까? 그래서 그렇게 즉각적으로 깊은 울림을 주는 걸까? 사건이 일어난 것은 내가 그런 생각을 하며 나도 모르게 음악 속으로 깊이 빠져들고 있던 때였다.

누군가가 내 어깨를 툭툭 쳤다. 당연히 아빠인 줄 알고 반갑게 고개를 돌렸는데 낯선 두 남자였다. 검은 제복을 입은 둘은 키가 똑같았고 놀랍게도 얼굴까지 거의 비슷해 마치 쌍둥이처럼 보였다. 한 명이 다짜고짜 리모컨 비슷한 장치를 나에게 겨누었다. 다른 한 명은 모니터를 나에게 보여주었다. 화면에 R이라는 붉은 글자가 번쩍이고 있었다.

"어, 등록이 안 돼 있는데?"

왼쪽 남자가 동료의 모니터를 힐끗 내려다보며 말했다. 아직 음악의 여운에서 빠져나오지 못한 나는 그의 말을 잘 알아들을 수가 없었다.

"등록이라니요?"

"하나 찾았네."

오른쪽 남자가 왼쪽 남자에게 말했다. 그들은 마치 내가 거기 존재하지 않는 것처럼 굴었다. 나는 다시 물었다. '등록'이 무슨 뜻이냐고. 그러자 왼쪽 남자가 단조롭고 사무적인 어조로 말했다.

"휴머노이드 등록 말입니다. 당신은 등록된 휴머노이드가 아닙니다."

"무슨 말씀이신지 모르겠어요. 보시다시피 저는 인간인데요. 휴머노이드 아니에요."

"거짓말하지 마십시오. 기계는 절대 실수하지 않습니다."

아빠에게 언제나 완벽한 기계는 없다는 말을 귀에 못이 박이도록 들어서인지 '기계는 절대 실수하지 않습니다' 같은 말은 빈정거림처럼 들렸고, 나는 나도 모르게 피식 웃고 말았다. 그러나 그들은 내 표정 따위는 상관하지 않았다. 오른쪽 남자가 손에 들고 있는 모니터의 화면을 다시 보여주었다. 거기에는 아까와 똑같이 붉은색의 R 자가 번쩍였다.

"자, 보십시오. 당신은 붉은색입니다."

그러자 왼쪽 남자는 회랑을 지나가는 아이에게 감지기를 겨누었다.

"보십시오. 인간은 이렇게 H라고 뜹니다. 인간에게서만 방출되는 방사성원소가 있기 때문입니다. 그걸 감지하는 것입니다. 그런데 당신한테서는 그게 나오질 않습니다."

왼쪽 남자가 말했다. 오른쪽 남사가 고개를 끄덕이며 맞장구를 쳤다.

"정말 감쪽같습니다. 저희도 당신이 인간인 줄 알았습니다. 하지만 아무리 비슷해도 아닌 건 아닌 것입니다."

상황이 내 생각보다 심각해 보였다.

"지금 무슨 소리들을 하시는 거예요? 이상한 기계 하나 가지고 와서 무슨 장난을 치시는 거예요!"

그들은 이번에는 감지기를 연주중인 현악사중주단 쪽으로 향했다. 네 명의 얼굴이 모니터에 떴다. 그들의 얼굴 위로 판별 결과가 각각 표시되었다. 바이올린 연주자만 H, 나머지 셋은 R이 떴지만 파란색이었다.

"보세요. 저분들은 휴머노이드지만 다 등록이 돼 있습니다. R 자가 당신하고는 달리 파란색으로 뜨지 않습니까? 그러니까 저렇게 공공장소에서 공연도 할 수 있는 것입니다."

정말로 비올라 연주자 얼굴 옆으로 파란색 대문자 R이 선명하게 번뜩였다. 내가 무슨 반응을 보이든 그들의 표정에는 아무 변화가 없었다. 그저 절차에 따라 할 일을 하고 있는 것이 분명했다. 그러자 나는 이들이 진심으로 두려워지기 시작했다. 말투와 행동 모두가 이들이 저급한 수준의 휴머노이드임을 보여주고 있었고, 이런 기계가 인간을 상대로 장난 같은 것을 칠 리는 없었다. 그렇다면 이들은 어딘가 고장이 나서 오작동을 하고 있는 것이다. 그 순간 아빠가 절실히 필요했다. 아빠라면 이들의 문제를 금방 알아차릴 것이었다.

"저기, 잠깐만요. 저희 아빠가 저기 펫 숍에 계시거든요. 곧 나오실 거예요. 무슨 말씀인지 잘 모르겠지만 조금만 기다려 주세요."

나는 펫 숍 안을 가리켰다. 그러나 그들은 기다릴 생각이 전혀 없어 보였다.

"아빠라니요? 무등록 휴머노이드는 그런 것이 없습니다. 당신은 이제 우리와 함께 가야 합니다."

'당신은 이제 우리와 함께 가야 합니다'라는 말을 그들은 주거니 받거니 하면서 한국어와 영어, 중국어와 일본어, 그리고 러시아어로 빠르게 반복했다. 그리고 오른쪽 남자가 손을 높이 들어 흔들었다. 그 순간 소광장을 가로질러 플라잉캡슐이 빠르게 날아왔다. 그것은 마치 마술과도 같이 일시적으로 나의 시선을 사로잡았다. 캡슐이 정말로 날아오는 걸 보는 순간, 어쩌면 내 삶의 가장 본질적인 무언가가 이 사건을 계기로 달라질 수도 있다는 불길한 예감이 들었다. 몸이 얼어붙었고 입도 떨어지지 않았다. 그들은 그때를 놓치지 않고 내 양팔을 잡았다. 나는 펫 숍 안으로 들어가려 버둥거렸다. 그러나 그들은 단번에 나를 제압하고는 번쩍 들어 플라잉캡슐 안으로 던져넣었다. 보기보다 힘들이 대단했다. 지나가던 사람들이 모여들었다. 나는 그들에게 소리를 질렀다.

"아빠가 저 펫 숍에 계세요. 제발 아빠에게 빨리 전해주세요. 철이, 철이가 잡혀갔다고. 제 이름은 철이예요. 아빠는 최진수 박사시고요."

뒷덜미에 뭔가 차가운 것이 와 닿았고 나는 그대로 정신을 잃고 말았다.

바깥이
있었다

그때 내가 그냥 집에 머물러 있었더라면 어떻게 되었을까? 바깥세상에서 무슨 일이 벌어지는지 전혀 모른 채 『천자문』이나 공부하고, 다람쥐들이 나무를 타고 오르내리는 거나 관찰하면서 살아갈 수도 있었을까?

괴로운 후회의 시간이 지나고 어느 정도 차분한 마음으로 그날의 일을 돌아보게 되었을 때, 오히려 나는 그 사건 직전까지 누렸던 평화로운 날들을 더 많이 떠올리게 되었다. 무료하고 갑갑하다고만 여겼던 평온한 시간들이 실은 큰 축복이었다. 물론 당시의 나는 언제나 바깥세상에서 무슨 일이 벌어지는지 알고 싶어했고, 충족되지 않는 그 욕구를 의식할 때마다, 그렇다, 불행하다고 생각했다. 마땅히 가져야 할 권리를 유예

당하거나 박탈당한 느낌이었다. 아빠는 언제나 아직 때가 되지 않았다고 했고, 캠퍼스의 다른 아이들 역시 나와 마찬가지로 캠퍼스 안에서만 살아가고 있었기 때문에 어쩌면 이렇게 '갇혀' 사는 게 정상일지도 모른다는 생각은 들었다. 그러나 분명히 바깥은 있었다. 연구소 상공을 가로지르는 비행물체들은 먼 곳에서 와서 먼 곳으로 사라졌다. 겨울이면 북쪽에서 기러기들이 줄을 지어 날아왔고, 봄이면 다시 시베리아와 극북지방을 향해 날아갔다. '바깥'은 분명히 있었다. 다만 무슨 이유에서든 내가 갈 수 없을 뿐이라 생각했다. 그렇게 아빠는 나를 일종의 멸균 상태로 보호하려 했지만 결국 실패했고, 내 삶으로 틈입해 들어온 '바깥'에 나는 면역이 전혀 없는 상태로 노출되어버렸다. 물론 지금은 그를 원망하지 않는다. 그로서는 그게 최선이라고 믿었을 것이다.

돌이켜보면 그와 보낸 시간들은 나쁘지 않았다. 그는 나에게 오래된 영화나 소설을 읽히기 좋아했고, 나는 나대로 19세기나 20세기의 인간들에게 어떤 일이 벌어졌는지를 알아가는 게 재미있었다. 그것은 말 그대로 알아가는 것이었다. 그저 알게 되는 일종의 지식이 아니었다. 꽤 많은 시간을 들여 보거나 읽어야 했고, 이야기의 형태를 띤 영화나 소설의 의미는 마음의 변화와 함께 조금 번거롭고 복잡한 방식으로, 즉, 깨달음으로 나의 내면에 전달되고 기억되었다. 나는 그런 과정을 대체로 즐겼다. 지역, 인종, 종교마다 조금씩 달랐지만 20세기의 인간들은 대체로 대가족으로 살았고, 과중한 노동으로 고통받았으며, 비인간적인 밀집도의 직장에서 일 제곱미터도 안 되는 공간을 할당받아 나쁜 공기를 마시며 일했다. 하찮은 질병으로도 쉽게 목숨을 잃었고, 남겨진 가족들은 상실감과 가난으로 몸부림쳤다. 당시의 인류는 온갖 것으로 고통받았고, 당장 고통받고 있지 않을 때에도 미래의 고통을 걱정하면서 또 고통을 겪었다. 현실을 망각할 정신적 마약, 즉 이야기는 무한히 제공되었다. 특별한 능력을 가진 존재들이 하늘을 날아다니며 지구를 구하려 애쓰는 이야기들, 사랑을 통해 서로를 구원하는 이야기들, 어떻게든 시련을 극복하고 인생의 참된 의미를 찾으려 애쓰는 이야기들이 넘쳐났다.

나 역시 가끔은 그런 이야기들에 빠져들었으나 그들이 겪는 생로병사의 괴로움이 크게 실감이 나지는 않았다. 캠퍼스는 언제나 평온했고 일상은 도돌이표처럼 반복됐기 때문이다. 이야기마다 등장하는 재난이나 시련은 내 인생에 전혀 일어날 것 같지 않았다. 나는 다만 엄마와 아빠, 때로는 할아버지와 할머니, 심지어 삼촌과 이모, 고모 등이 있는 집에서 여러 형제자매와 같이 사는 기분은 어떨까 궁금해했고, 미지의 먼 곳으로 모험을 떠나는 주인공들을 부러워하기도 했다. 아빠는 엄마 얘기를 전혀 입에 올리지 않았고, 언젠가부터 나도 그 문제에 대해서 더는 묻지 않았다. 그래도 가끔은 거울을 보면서 내 얼굴과 닮은, 어떤 나이든 여성의 모습을 유추해보곤 했다. 언젠가 보게 될 엄마의 모습을 상상해보았던 것이다.

가끔은 아빠가 영화나 책을 보는 내 몸에 전극을 부착하고, 내 몸에서 일어나는 변화를 기록하기도 했다. "더 많은 데이터가 쌓일수록 더 나은 휴머노이드를 만들 수 있단다." 그런 식으로 데카르트를 만드는 것을 보았기 때문에 나는 내가 연구에 도움이 된다면 몸에 이런저런 것들을 좀 붙인다고 해서 별 불만은 없었다. 아빠는 자신의 머리에도 전극을 부착하고 뭔가를 하는 때가 많았기 때문에 우리집에서는 그게 전혀 낯설지 않기도 했다.

낮에 연구소에서 만나게 되는 아이들 역시 나와 비슷한 에피소드를 한두 개씩은 가지고 있었다. 움직임을 주로 연구하는 연구원을 부모로 둔 아이들은 다양한 스포츠를 해야만 했고, 심리 쪽 연구원 가정에서는 이런저런 테스트들을 수도 없이 한다고 했다. 그런 문화였으니 아빠의 행동이 예외적인 것은 아니었다. 그러나 큰 불만은 없었지만 나는 늘 답답함을 느꼈고, 이야기 속 주인공들처럼 어디 먼 곳으로 훌쩍 홀로 떠나고 싶은 충동에 휩싸이곤 했다. 그랬기에 날아가는 플라잉캡슐에서 정신을 차렸을 때 내가 두려움과 불안만 느꼈던 건 아니었다. 난생처음으로 캠퍼스를 벗어나 어디론가 가고 있었고, 고층 건물이 빼곡한 평양의 스카이라인마저 빠르게 멀어지고 있었다. 미지의 목적지는 분명 낯설고 불쾌한 곳일 테지만, 그동안 읽어온 소설들에서는 주인공이 잘만 처신한다면 이런 시련을 극복하고 좋은 결말에 이르곤 했기 때문에, 엉겁결에 시작된 이 모험에 대해 마음속에 작은 기대감이 없는 것은 아니었다. 플라잉캡슐은 곳곳에서 연기가 피어오르는 들판을 지나더니 짙푸른 숲 한가운데의 온통 흰 벽으로 된 건물 옥상에 착륙했다. 흰색 유니폼을 입은 사람들이 대기하고 있다가 나를 넘겨받았다. 너무 밝아 눈을 뜰 수 없을 정도로 환한 복도를 지나니 사각형의 중정이 나왔다. 미간에 주름이 깊게 팬 남자가 나에게 의자를 가리켰다.

"거기 앉아."

나는 그에게 뭔가 잘못됐다고 말했다. 나는 휴먼매터스 랩에서 일하는 최진수 박사의 아들이라고, 어서 연락해달라고 했다. 그는 물끄러미 나를 바라보더니 혼잣말처럼 중얼거렸다.

"휴먼매터스는 정말 최고야. 대단해."

칭찬인지 비아냥인지 알 수 없는 어조였다. 그후로는 아예 내 말에 대꾸조차 하지 않았다. 잠시 후, 흰 유니폼 차림의 이들이 양쪽에서 내 팔을 붙들었다. 나는 그들에게 말했다. 내보내달라고. 나는 사람이라고. 무슨 권리로 이렇게 사람을 끌고 오느냐고. 그러나 돌아오는 반응은 없었다. 그들은 나를 끌고 가기 시작했다. 우리가 도착한 곳은 천장이 엄청나게 높은 체육관 같은 곳이었다. 지진이나 홍수 피해를 입은 사람들이 피신하는 임시 대피소를 닮아 있었다. 정면에는 무대 비슷한 것이 있었고 객석이 있어야 할 자리에는 매트리스가 수백 개나 깔려 있었다. 나는 입구에서 가까운 빈 매트리스에 주저앉아 주변을 둘러보았다. 밤인데도 조명 때문에 환하게 밝았다. 다양한 기종의 휴머노이드와 로봇들이 오갔다. 어떤 휴머노이드는 끊임없이 주변을 서성이거나 무의미한 동작을 반복했고, 어떤 휴머노이드는 일어났다 앉기를 무한정 계속하거나 벽에 머리를 찧었다. 자기 다리를 뽑아 들고 분해하는 이도 있었다.

"저기요."

올려다보니 조약돌처럼 단단한 인상의 남자아이가 미간을 찌푸리고 서 있었다. 예닐곱 살이나 되었을까?

"왜 그러니?"

"자리요."

"자리라니?"

"거긴 제 자리예요."

"미안. 아무도 없는 줄 알았어."

나는 황급히 매트리스에서 비켜났다. 남자아이는 매트리스에 엉덩이를 걸치고 나를 빤히 올려다보았다.

"오늘 들어오셨어요?"

다른 자리를 찾아 옮기려던 나는 발걸음을 멈추었다.

"응. 방금 전에."

"어디서 오셨는데요?"

"평양."

"평양 어디요?"

"휴먼매터스 랩."

"제조사 말고요. 살던 곳이요."

"난 거기서 살고 있어. 여기는 뭔가 착오가 있어서 오게 된 것 같아."

"휴먼매터스 랩에서 살았다고요?"

"살았던 게 아니라 살고 있다니까. 근데 거길 잘 알아?"

"유명한 데잖아요. 거기 제품이세요?"

"아니, 난 인간이야. 거기서 태어났어. 아빠가 거기 연구원이거든."

아이는 믿기 어렵다는 듯 가늘게 눈을 뜨고 머리부터 발끝까지 나를 훑어보았다.

"확실해요?"

"뭐가?"

"인간 맞느냐고요."

"당연하지. 나는 인간이야. 기계가 아니라고. 무슨 말인지
이해가 잘 안 되니?"

"알았어요. 인간이라는 거죠? 그럼 지금부터 로봇인 척하세
요."

"뭐? 그게 무슨 말이야?"

"기계인 척하시라고요."

"왜?"

"그냥 제 말대로 하세요. 그래야 살아남을 수 있어요."

살아남을 수 있다고? 그게 무슨 뜻이지? 그럼 죽을 수도 있
다는 걸까? 그리고 기계처럼 굴라니? 나는 기계로 잘못 인식
돼 잡혀 들어온 것이고, 한시라도 빨리 내가 인간이라는 걸 입
증해서 여기를 벗어날 생각이었는데, 기계를 흉내내야 살아남
을 수 있다니? 인간인 것을 숨기라니?

"여기 기계들은 인간 비슷한 건 다 싫어하거든요."

보기보다 눈치가 빠른 아이였다.

"좋아. 그런데 기계인 척한다는 게 정확히 무슨 뜻이야?"

"휴먼매터스에서 왔다면서요. 많이 보셨을 거 아니에요. 기계의 행동을 흉내내시면 돼요."

"거기 휴머노이드들은 워낙 인간하고 구별이 잘 안 돼서……잠깐. 그럼 너는 어느 쪽이야? 인간이야? 아니면……"

"제가 어느 쪽인지는 중요하지 않아요. 형이 어느 쪽인지가 문제지. 곧 무슨 말인지 알게 될 거예요."

"그런데 넌 이름이 뭐야? 난 철이야."

"전 민이예요."

아이는 피곤한 듯 매트리스에 몸을 뉘었다. 그리고 내게 등을 돌렸다. 나는 그애 옆에 앉아 계속 질문을 퍼부었다. 도대체 여기에서 무슨 일이 벌어지고 있는가.

"선이 누나가 곧 올 거예요. 누나한테 물어보세요."

그 말이 끝나기가 무섭게 불이 모두 꺼지면서 온통 어두워졌다. 나는 무릎을 끌어안으며 고개를 처박고 아빠를, 유일한 구원의 가능성을 생각하고 있었다. 펫 숍에서 나와서 사람들이 전해준 말을 들었겠지? 얼마나 놀랐을까? 지금쯤 내 행방을 백방으로 수소문하고 있을 게 분명했다. 유명한 연구원이니까 분명 금세 나를 찾아낼 수 있을 거야. 조금만 참으면 될 거야. 그렇게 생각하며 마음을 다스리려 했지만 마음 깊은 곳에서 전혀 다른 목소리가 들려왔다. 넌 네가 그렇게 아빠에게 소중한 존재였다고 생각해? 귀찮고 성가신 아이였을 수도 있어. 일부러 널 버린 것은 아니겠지만 이렇게 된 이상 군이 찾으려 들지도 않을 거야. 그리고 어쩌면, 어쩌면……

전혀 말이 안 된다고 생각했지만 의심의 목소리는 사라지지 않고 내 안에 남았다.

사람으로
산다는 것

눈을 뜨니 한쪽 눈에 안대를 한 험상궂은 애꾸눈이 팔짱을 끼고 나를 내려다보고 있었다. 나는 몸을 벌떡 일으켰다. 그는 발끝으로 내 발을 툭툭 치며 뭔가를 물었는데 처음에는 무슨 말인지 알아듣지 못했다.

"뭐라고요?"

그는 한 번 더 말해주는 대신 자기 귀를 손가락으로 가리켰다. 자기 말이 안 들리냐는 제스처인 것 같았다. 그 순간 붉은 셔츠를 입은 여자아이가 불쑥 나타나더니 나를 대신해 대답했다.

"맞아. 무등록이야."

애꾸눈은 여자아이의 말에 아랑곳하지 않고 계속 나를 주시했다.

"잠을 자고 있던데? 혹시 인간 아니야?"

"최신형 하이퍼 리얼 휴머노이드예요. 휴먼매터스 거요."

이번에는 민이가 대답했다. 애꾸눈은 여전히 믿지 못하겠다는 태도로 나를 향해 물었다.

"맞아? 네가 대답해봐."

"네, 휴먼매터스에서 왔어요."

나는 겨우 입을 떼 말했다.

"애완용이라고."

여자아이의 말이었다. 나는 졸지에 최신형 애완 로봇이 되어가고 있었지만 간밤에 들은 말도 있고 해서 잠자코 여자아이와 민이의 대응에 내 운명을 맡겼다. 애꾸눈은 마치 수박 같은 과일을 확인하듯 손으로 내 머리를 톡톡 두들기며 말했다.

"어디서 재수없는 애완이가 또 하나 들어왔군. 쓸모라고는 없는 쓰레기들."

멀리서 어슬렁거리던 다른 휴머노이드들이 주변으로 몰려들었다. 가장 위압적으로 느껴지는 이는 위장복을 입은, 키가 이 미터는 족히 넘을 것 같은 건장한 휴머노이드였다. 그는 애꾸눈을 제치고 앞으로 나섰다.

"이게 애완이라고? 완전 인간인데? 정말 인간 아니야?"

"글쎄 아니라니까!"

여자아이가 언성을 높이자 건장한 휴머노이드들이 의외로 움찔하며 순순히 물러났다. 위장복은 고개를 갸웃거리기는 했지만 천천히 발길을 돌려 지난밤에 나와 함께 들어온 다른 신입들에게로 관심을 옮겼다. 구석에 웅크리고 있던 운 나쁜 소년 하나가 그들의 눈에 걸렸다. 민이 또래로밖에는 안 보이는 어린아이였다.

"넌 또 뭐야? 인간이야, 기계야?"

애꾸눈과 위장복은 아이를 향해 성큼성큼 다가갔다. 민이가 그들 쪽으로 움직이려 하자 나를 도와주었던 여자아이가 조용히 팔목을 붙잡아 돌려세웠다. 그리고 자기 품에 그러안았다. 곧 무슨 일이 벌어질지 알고 있었던 것이다.

한편, 애꾸눈과 위장복에게 지목된 아이는 겁에 질렸고 그들이 다가오자 울음을 터뜨렸다.

"저 기계 아니에요. 사람이에요. 뭔가 잘못된 게 틀림없어요. 제발 내보내주세요."

아이가 한 말은 바로 직전에 내가 잠에서 깨어났을 때 하려고 했던 바로 그 대답이었다. 나는 인간이라는 것, 절대 기계가 아니라는 것, 뭔가 잘못됐다는 것…… 내가 그런 대답을 했더라면 어떤 일이 벌어졌을지 나는 두 눈으로 똑똑히 볼 수 있었다. 애꾸눈과 위장복은 서로의 얼굴을 바라보더니 고개를 끄덕였다. 애꾸눈이 주먹으로 소년의 배를 때렸다. 소년은 신음하며 허리를 꺾었다. 위장복은 왼손으로 소년의 목을 잡고 오른손으로 움켜쥐고 있던 소년의 왼팔을 그대로 당겼다. 팔은 마치 인형의 팔처럼 쑥 뽑혀나왔다. 터져나오는 비명을 막기 위해 나는 손으로 황급히 입을 막았다. 여자아이는 민이를 더 깊이 끌어안았다. 위장복은 뽑혀나온 팔을 힐끗 살폈다. 팔에서 붉은 액체가 뚝뚝 떨어지기는 했지만 절단 부위로 인공섬유 가닥들이 비져나온 것이 보였다. 팔을 뽑힌 소년은 위장복의 손에 들린 자기 팔을 보더니 얼굴이 하얗게 질리며 비명을 질렀다. 자주 겪는 일인지 주변의 몇몇을 제외하고는 크게 관심도 보이지 않았다.

"잘 만들어졌군. 이것도 최신형인가? 이제 피 비슷한 것도 흘리고. 하긴 그래야 자기가 사람인 줄 알 테니까."

위장복은 팔을 멀리 던졌다. 다른 휴머노이드가 그 팔을 다시 던졌다. 소년은 돌려달라고 소리를 지르다 애꾸눈에게 배를 걷어차여 숨을 못 쉬고 캑캑거렸다.

"시끄러워. 재수없는 애완 로봇 주제에…… 팔 하나 없다고 죽지 않아."

소년은 그 자리에 주저앉아 울기 시작했다. 팔을 잃은 것보다 자기가 기계라는 것을 처음으로 알게 되어 더 놀란 것 같았다. 나는 온몸이 벌벌 떨렸다. 여자아이는 민이를 품에서 풀어주면서 내게 경고했다.

"봤지? 저렇게 되는 거야."

"이해가 안 돼. 왜 저런 행동을 하지? 지금껏 내가 만난 휴머노이드들은 인간에게 절대 위해를 가하지 않았어. 처음부터 그렇게 설계가 됐으니까."

"보고도 몰라? 쟤는 인간이 아니라 휴머노이드라고. 그것도 무등록. 마음대로 할 수 있어."

"그럼 인간이면 괜찮은 거야?"

"인간도 싫어하지만 저들이 가장 미워하는 건 자기가 인간인 줄 아는 기계야. 재수없어 해."

"자기가 인간인 줄 안다고? 그런 휴머노이드가 어디 있어?"

선이는 팔을 뽑힌 소년을 가리켰다. 그랬다. 바로 거기 있었다.

"그럼 너희들은? 너희들도 기계야?"

"설마 무등록 휴머노이드 단속법이 발효된 것도 모르고 있었던 거야?"

"무슨 법?"

"넌 어디 딴 세상에서 살다 왔니? 이제 정부는 등록되지 않은 휴머노이드는 바로 압수해서 처분해버릴 수 있어."

"그게 나와 무슨 상관이야, 난 휴머노이드가 아닌데. 그럼 너희들은 휴머노이드야?"

민이가 왼팔의 소매를 걷어 보였다. 그의 왼팔은 팔목 부위에서 절단되어 있었고 손이 있어야 할 자리에 인공섬유 조직들이 드러나 있었다. 조금 전 애꾸눈과 위장복에게 당한 아이와 비슷한 모습이었다.

"아까 그애처럼 당한 거야?"

"아니야. 이건 사고였어."

"그럼 너도?"

"나? 난 두 팔 다 멀쩡해."

여자아이가 두 팔을 벌려 보였다.

"아니, 휴머노이드냐고."

"어떻게 보여?"

"몰라. 이젠 아무것도 모르겠어."

"자기 이름은 알아?"

"나? 나는 철이야. 철광석의 철이 아니고 철학 할 때 철."

여자아이도 자기 이름을 알려주었다. 선이라고 했다.

"선이 너도 휴머노이드냐고 물었어."

"내가? 아니야."

"확실해? 아까 그 불쌍한 아이처럼 혹시 자기가 사람이라고 믿는 휴머노이드가 아니고?"

"네가 그렇겠지. 난 아니야."

"나? 나도 아닌데?"

"그래? 진실의 순간이 오면 알게 되겠지."

여전히 의심의 끈을 놓지 않으면서 선이는 민이의 잘린 팔목에 얽힌 사연을 들려주었다. 탈출하자는 얘기를 먼저 꺼낸 것은 선이였다. 민이는 몸집이 작았고 선이는 말랐다. 둘은 환기통을 기어 밖으로 나갈 계획을 세웠고, 꽤 그럴듯했다. 둘은 어찌어찌 건물 밖으로 나오는 데는 성공했지만 곧 감시 센서에 포착됐고 로봇 개들에게 쫓기기 시작했다. 속도가 느린 민이가 개들에게 먼저 따라잡혔다. 개들은 민이의 팔을 물고 놓지 않았다. 선이는 탈출을 포기했다.

"아프지는 않았어?"

내 질문에 민이는 고개를 저었다.

"지금은 괜찮아. 물렸을 때는 아팠지만."

"그때가 말하자면 진실의 순간이었던 거야? 민이에게는?"

"아니야. 민이는 여기 오기 전부터 알고 있었어. 자기가 누구인지. 저렇게 어려 보인다고 해서 정말 어린애는 아니야."

"선이 너는 진실의 순간을 아직 만나지 못했고?"

"아직 개에게 물려 팔이 잘리거나 누가 내 팔을 뽑아내지는 않았어. 하지만 나는 분명히 알아."

어떻게 그렇게 확신하는지 이유는 말해주지 않았다.

"근데 형은 정말 인간이야?"

민이가 물었다.

"응."

"휴먼매터스 랩에서 왔다며. 거긴 최첨단 인공지능 휴머노이드 제작사잖아."

선이가 따져 물었다.

"물론 거긴 그렇지. 우리 아빠도 그 일을 하시고. 회사 전체에 휴머노이드가 많기는 해. 아빠와 연구를 같이하는 엔지니어 휴머노이드도 있어. 하지만 난 분명히 인간이야."

선이는 뚫어져라 내 얼굴을 뜯어보면서 물었다.

"거기선 최신형을 정말 많이 봤겠네?"

"그럼. 거긴 최신형밖에 없으니까. 아직 출시 안 된 시제품도 많아."

선이는 위장복과 애꾸눈 무리를 눈짓으로 가리키며 말했다.

"쟤들 같은 애들은 처음 보지?"

사실이었다. 그들은 크고 우람한 몸을 가지고 있었고 어딘가 부자연스러운 움직임을 보였다.

"쟤들은 애초부터 전투용으로 만들어졌기 때문에 로봇의 기본 윤리 따위는 가볍게 무시할 수 있어. 아까도 말했듯이 인간도 공격할 수 있다는 거야. 자기나 자기 분대가 공격을 받으면 무조건 응전해야 되니까."

선이의 설명에 따르면, 구형 전투용 휴머노이드들은 지능과 유연성은 떨어졌지만 금속으로 된 몸을 갖고 있었다. 반면 인간의 얇은 유기질 피부는 원래 날카로운 금속을 견디도록 진화하지 않았다. 그러니 그들과 스치기만 해도 치명적일 게 분명했다.

"비전투용 휴머노이드들은?"

선이는 구석에 모여 앉아 뭔가를 고치고 있는 휴머노이드들을 가리켰다.

"쟤들도 안심하면 안 돼. 개조를 하고 있어. 인간에 대한 공격과 방어가 가능하도록 소프트웨어를 수정하는 거지. 셀프 해킹을 하는 거야. 그런 게 전문인 엔지니어 휴머노이드도 여기 있거든. 혹시 너 그런 거 할 줄 몰라?"

"몇 번을 말해? 나는 휴머노이드가 아니라서 그런 건 전혀 몰라."

"아, 맞다. 너는 인간이라고 했지."

선이가 희미하게 웃었다. 그쯤에서 나는 가장 궁금했던 것을 물었다.

"도대체 여기는 뭐야? 여기서는 뭘 하는 거야?"

"아무것도 하지 않아. 정부의 마음에 들지 않는 존재들을 모두 가둬놓는 거야. 인간도 있지만 대다수는 기계야. 처음에 정부는 무등록들을 바로 처리해버렸어. 발견 즉시 폐기해버린 거지. 부품은 재활용하고…… 그런데 외국의 휴머노이드 권리 단체들이 격렬하게 항의를 한 모양이야. 의식과 감정이 있는, 인간의 가장 가까운 친구인 휴머노이드를 잔인하게 살해한다고…… 뉴스에도 나오고, 유엔에서도 권고를 했대. 그 결과 그냥 이렇게 가둬놓는 거야. 그럼 휴머노이드들끼리 서로를 죽이겠지. 여기는 휴머노이드들의 연옥이야."

선이는 나와 민이를 데리고 무대 뒤로 갔다. 한때 공연장으로 쓰였던 곳인지 무대 장식에 사용된 소품들이 가득 쌓여 있었다. 나는 선이를 따라가며 물었다.

"밥은 어떻게 해? 화장실은 또 어떻게 하고?"

"최대한 참아봐. 기계들의 신경을 거스르지 않는 게 좋을 거야. 아까도 말했지만 인간과 닮은 모든 것을 싫어하는 놈들이 있거든. 본성이 워낙 포악하기도 하고."

선이와 민이는 앞장서 철제 사다리를 기어오르기 시작했다. 자주 와봤는지 민이는 한 손만으로도 능숙하게 사다리를 올랐다. 오히려 내가 문제였다. 나는 자꾸만 아래를 내려다보며 겁을 집어먹었다. 조명들이 줄줄이 달려 있는 높이까지 오른 선이는 양팔을 살짝 벌리고 조명들 사이를 걸었다. 위험해 보였지만 둘은 전혀 긴장한 기색이 없었다. 하는 수 없이 나도 둘을 따라 조심스럽게 걸었다. 아래에선 휴머노이드들이 치고받고 싸우며 소란을 피우고 있었다. 선이와 민이는 조명들 사이에 자리를 잡고 앉았다. 발밑에서 올라오는 빛 때문에 어둠 속에 잠긴 선이의 얼굴은 마치 유령처럼 보였다. 팔과 다리는 유난히 가늘고 길었고 얼굴은 묘하게 불균형한 데가 있었는데, 그래서인지 한 번 보면 잊기 어려운 인상이었다.

선이는 민이보다 먼저 이곳에 들어왔다고 했다. 혼란 속에서 빠져나와 조용히 수용소를 내려다볼 수 있는 이 장소를 처음 발견한 것도 선이였다. 선이는 고양이처럼 안정된 자세로 조명들 사이를 날렵하게 걸어다닐 수 있었다. 그녀가 줄타기하듯 그곳을 우아하게 오가는 모습은 마치 춤을 추는 것 같았다. 나는 눈을 뗄 수가 없었다.

"난 여기가 훨씬 편해. 기계파는 여기까지 올라오지 않거든."

선이는 아래의 휴머노이드들을 가리키며 말했다. 그녀는 그곳의 수용자들을 크게 세 부류로 나눴다. 먼저 자신들이 기계라는 것을 잘 알고 있는 휴머노이드들을 기계파라고 불렀다. 민이처럼 인간의 기능을 그대로 흉내낸 하이퍼 리얼 휴머노이드들이 그다음 부류, 나머지는 선이 같은 인간들이었다. 기계파는 나머지 두 부류를 구분하지 못하고 모두를 싸잡아 애완이혹은 돼지, 더 심하게는 똥싸개라고도 불렀다. 로봇인 주제에 인간처럼 밥을 먹고 배설하는 기능을 가졌다며 몹시 조롱했다. 몇몇 기계파 놈들은 툭하면 모욕하며 도발했다.

"똥싸개들, 어디선가 더러운 냄새가 난다."

그들은 심심풀이로 내 머리를 툭툭 건드리기도 했는데, 살짝만 맞아도 머리가 얼얼할 정도로 아팠다. 이유 없이 아무나 붙잡아 옷을 찢기도 하고, 살을 베기도 했다. 때로는 발목을 잡아 거꾸로 들어올리고 자기들끼리 던지며 놀기도 했다. 기계파끼리도 싸움이 날 때가 많았다. 특히 전투용 휴머노이드들은 공격을 받으면 바로 반격하도록 프로그래밍되어 있어서 누가 실수로라도 자기를 건드리면 빠르고 강력하게 받아쳤다.

이런 상황에 처하고 보니, 나는 이 연약하고 무기력한 육체로부터 자유롭기를 소망하게 되었고 난생처음으로 차라리 기계였으면 하고 바랐다. 그랬다면 그들이 더럽다고 놀려대는 그 번거로운 배설도 하지 않을 수 있을 텐데, 어찌하여 나는 이렇게 인간으로 태어난 것일까 원망스러웠다. 살아오면서 나는 몸에 대해 고민을 해본 적이 없었다. 때가 되면 밥을 먹었고 신호가 오면 화장실에 갔다. 성적인 흥분을 느끼면 찾아오는 몸의 변화를 받아들였고, 그게 전부였다. 그러나 지금은 내 몸에서 일어나는 모든 동물적 반응들이 낯설게 느껴졌다. 처음 며칠 동안 나는 밥을 먹지도, 화장실에 가지도 않으면서 버텼다. 아니, 버텼다는 말은 이상하다. 공포 때문에 식욕도, 그 밖의 다른 욕구도 모두 사라져버린 것에 가까웠다. 그러나 그것도 오래가지는 않았다.

"너무 요란하게만 안 하면 돼. 먹는 건 사료로 만족하고, 화장실에는 조용히 다녀와. 처음엔 다 그래. 나도 그랬어. 몸이라는 걸 갖고 있다는 게 저주스러웠어."

선이의 충고였다.

"허수아비."

"뭐?"

"『오즈의 마법사』에 나오는 허수아비가 생각나서. 도로시가 물을 찾아봐야겠다고 하니까 허수아비가 그러거든. '사람으로 사는 것은 참 불편하구나. 잠도 자야 하고, 먹고 마시기도 해야 하니까 말이야. 하지만 넌 뇌를 가지고 있으니까……'"

"아, 『오즈의 마법사』. 난 거기서 도로시와 사자만 기억나, 겁쟁이 사자. 잘 기억은 안 나지만 난 내가 도로시라고 생각하면서 읽었던 것 같아. 이상한 애들을 데리고 먼 곳으로 떠나는……"

우리에게는 매일 아침 개 사료 비슷한 알갱이들이 배급되었다. 사료는 먹을 때는 그럭저럭 나쁘지 않았지만 먹고 나서는 입안 곳곳에 찌꺼기를 남겼고 역한 입냄새의 원인이 되었다. 기계파는 우리가 사료를 씹어 삼킬 때마다 한참 바라보곤 했는데, 대체로 표정이 없는 녀석들이어서 무슨 마음으로 그렇게 물끄러미 우리를 보고 있는 건지 정확히 가늠할 수는 없었다. 어쨌든 그 시선이 달가울 리는 없었고, 따라서 나는 내 몸에서 일어나는 모든 변화에 과민해졌다. 게다가 제대로 씻을 수가 없어서 시간이 지날수록 옷에서는 악취가 강렬하게 풍겼다. 로봇처럼 행동하려 나름 애썼지만 냄새는 감출 수가 없었다. 나는 연기를 처음 배우는 배우 지망생처럼 기계파를 흉내내기 시작했다. 일부러 살짝 부자연스럽게 걸어다니거나 아무의미도 없이 벽에서 벽까지 한없이 왔다갔다하기도 했다. 그리고 대부분의 시간은 방전된 로봇처럼 멍하니 천장을 바라보며 누워 있었다.

처음엔 그저 그들을 흉내냄으로써 안전을 도모한다는 뜻에서 시작한 일이었는데, 점차 그들과 나 사이에는 과연 무슨 차이가 있는 걸까 궁금해졌다. 그들의 관절은 연골과 윤활액 대신 인공적으로 합성한 유기화학 제품으로 이루어져 있다는 것, 뇌에 뉴런 대신 회로가 있다는 것 등의 차이들이 있겠지만, 이미 많은 인간이 뇌에 칩을 박아 컴퓨터와 연결하거나, 잘린 팔다리 대신 인공 수족을 장착하여 높은 곳에 쉽게 뛰어오르거나 무거운 것을 가볍게 들고 있다. 인간을 인간으로 만드는 것은 과연 무엇인가? 팔, 다리, 뇌의 일부 혹은 전체, 심장이나 폐를 인공 기기로 교체한 사람을 여전히 인간이라 부를 수 있는 근거는 무엇인가? 나는 인류가 이미 20세기 후반부터 이런 의문들을 품어왔다는 것을 고전 SF 영화나 소설 등을 보면서 어렴풋이 짐작하고는 있었다. 하지만 그게 내 문제가 될 거라고는 생각해보지 못했다. 내가 완벽하게 기계의 흉내를 내고, 그러다 언젠가 인간을 인간답게 하는 어떤 것들, 예를 들어 윤리 같은 것들, 그런 것들을 다 저버린 채 냉혹하고 무정한 존재로 살아가게 될 때, 비록 내 몸속에 붉은 피가 흐르고, 두개골 안에 뇌수가 들어 있다는 이유만으로 그대로 인간일 수 있는 것일까?

아빠에게서는 여전히 아무 연락도 없었다. 나는 버려진 걸까? 아니면 내가 여기 있다는 것을 아직도 모르는 걸까? 어떻게 알릴 수 있을까? 그러나 마땅한 방법이 떠오르지 않았다. 네트워크에 접속할 기기도 방법도 없었다. 나가는 이는 없고, 계속 신입들만 들어왔다. 숨을 쉬기 어려울 정도로 수용소는 꽉 찼고, 이제 한 매트리스를 둘이 함께 사용했다.

밤이면 종종 멀리서 폭발음이 들려왔다. 그리고 날이 갈수록 그 빈도가 잦아졌다. 무슨 일이 일어나고 있는 것일까? 가끔은 비행물체가 초음속으로 공중을 돌파하는 소음이 건물을 흔들기도 했다. 그런 소리들에 시달리며 나는 불면의 밤을 보내고 있었다. 그런 밤이면 멀리서 누군가가 내 이름을 부르는 듯한 환청에 시달렸다. 그것은 내가 잘 아는 누군가의 목소리 같기도 했지만 명확하지 않았고, 때로는 악몽의 잔영처럼 느껴지기도 했다. 둔중하게 들려오는 희미한 폭발음과 누군가가 나를 부르는 듯한 소리. 폭발음은 귀를 막으면 들리지 않았지만 나를 부르는 음성은 귀를 막으면 더 크게 들렸다. 이렇게 서서히 미쳐가는 게 아닌가 두려워하면서 나는 조금씩 환경에 적응해가고 있었다.

사용감

그렇다고 수용소가 한시도 마음을 놓을 수 없는, 숨막히는 공포만이 지배하는 그런 곳은 아니었다. 이곳에 갇힌 존재들이 참으로 다양했기 때문에 지옥을 견디는 방식도 다 달랐다. 바깥세상에서 어떤 용도로 사용되었는지, 애초에 어느 정도의 기술력으로 제조되었었는지에 따라서도 천차만별이었다. 기계들만 특출한 능력이 있는 것도 아니어서 인간은 인간대로 타고난 성격과 재능에 따라 상황에 적응해가고 있는 것 같았다. 노래를 잘하는 휴머노이드가 노래를 부르면, 또다른 휴머노이드가 그릇을 두들기며 박자를 맞추고, 또 거기에 맞춰 멋지게 춤을 추는 누군가가 어디선가 튀어나오고, 곧이어 구경꾼들이 모여들었다. 어느 구석에선 이야기꾼 로봇이 풀어놓는 『천일

야화』저리 갈 이야기들이 끝없이 계속되었고, 공기놀이나 간단한 카드 게임이 벌어지기도 했다. 이런 환경에서도 사람들, 심지어 사람을 본떠 만든 휴머노이드들까지 즐거움을 추구한다는 것이 나로서는 큰 놀라움이었다. 그들은 때로 진심으로 행복해 보이기까지 했다.

선이에게는 특별한 능력이 하나 있었는데, 어쩌면 나와 민이가(물론 그녀 자신도 포함해서) 기계파의 무지막지한, 일말의 죄의식조차 없는(사실 기대하지도 않았지만) 무심한 폭력속에서 살아남을 수 있었던 것은 전적으로 그 덕분이었을 것이라고 생각한다. 바로 거래의 재능이었다. 수용자들에게는 언제나 필요한 것들이 있었고 기계파도 예외가 아니었다. 선이는 그런 것들을 파악하고 거래를 중개하는 데 탁월한 면모를 보였다. 싸움질이 일상이 되면서 아무리 강력한 전투용 휴머노이드라도 손상을 입지 않을 수 없었다. 어떤 휴머노이드는 눈을 잃었고 또 어떤 휴머노이드는 무릎 관절이 박살났다. 그럴 때 선이는 그들에게 다가가 거래를 제안했다. 안구 하나와 인공 연골이 교환되었다. 기억장치 일부를 내놓고 청력을 회복한 휴머노이드도 있었다.

선이는 누군가가 새로 들어오면 가장 먼저 다가가 그들에게 수용소를 안내해주었고, 동시에 그들의 몸에서 교환 가능한 것들이 있는지 재빨리 훑어보았다. 안구가 두 개라면 하나는 내놓을 수 있을 것이고, 더 절실한 것을 위해서라면 팔 하나 정도는 팔아치울 수 있다. 선이는 그런 식으로 공급과 수요를 파악해나갔고 얼마 지나지 않아 기계파의 신뢰를 얻었다. 싸움은 결국 양쪽 다 아무것도 얻지 못한 채 큰 피해만 입고 끝날 때가 많았다. 선이는 거래를 통해 불필요한 폭력을 줄였다. 안구를 내놓을 휴머노이드와 다리를 포기할 휴머노이드를 데리고 그것을 수리해줄 수 있는 엔지니어 휴머노이드에게 갔다. 그 거래에서 엔지니어 휴머노이드는 무엇을 받았을까? 거기에서 선이의 천재성이 엿보였다. 선이는 그들에게 자기가 만든 화폐를 가상으로 수수하거나 지급했다. 스스로 일종의 중앙은행 노릇을 한 셈이었다.

선이는 모든 장기에 가격을 책정했다(그리고 그 가격은 날마다 변동했다). 예를 들어 안구를 백이라 하고, 다리를 사십이라 하면 둘의 교환은 성립하지 않는다. 그래서 선이는 안구를 내놓은 이에게 육십의 저축이 남아 있다고 기록된 장부를 보여주었다. 만약에 안구를 내놓은 휴머노이드에게 다른 필요, 예를 들어 수술비 같은 것이 발생할 때, 그는 그 돈을 인출해 사용할 수 있었다. 따라서 만약에 선이가 죽거나 심하게 다칠 경우, 모두 손실을 입을 수밖에 없었다. 선이가 고안한 이 거래 시스

템은 수용소 내에 일종의 평화를 가져왔고, 누구보다 선이 자신이 안전해졌다. 그녀가 죽거나 다치기를 아무도 원치 않게 된 것이다. 선이의 그런 능력은 실로 경이롭게까지 느껴졌다.

이런 거래를 중개하는 것이 비단 선이만은 아니었고, 다들 나름의 방식으로 뭔가를 사고팔아 다급한 필요를 충족했다. 실용적 목적이라고는 전혀 없는 사치품이나 장난감일 때도 있었다. 어쨌든 뭔가가 거래되기 시작하면 다들 관심을 가졌다. 모든 거래에는 가격이 있었고 그것 자체로 소중한 정보였다. 그래서 거래가 이루어질 때마다 주변에는 활기가 돌았다. 다들 몰려들어 귀동냥을 하고 참견도 했다. 하나둘 자기가 가진 것을 내놓기 시작하면서 작은 장터가 형성되기까지 했다. 어떻게 반입되었는지 알 수 없는 물건들도 있었다. 일단 장터가 형성되면 음악 연주나 일종의 장기 자랑도 벌어졌다. 이왕이면 보는 눈이 많은 곳이 재능을 펼치기도 좋았을 것이다. 이렇듯 수용소 생활이 오로지 극한의 괴로움으로 점철된 것은 아니었다. 거기에도 분명 기억할 만한, 빛나는 순간들은 있었다. 팔 하나와 다리 하나를 잃은 한 휴머노이드는 때로 천상의 음성으로 노래했고, 타고난 연기의 재능을 가진 휴머노이드는 수용소 안의 몇몇, 특히 완력을 자랑하는 기계파의 몸짓과 말투를 그럴듯하게 흉내내어 우리를 웃겼으며, 그런 귀한 순간들 덕분에 이십사 시간 계속되던 긴장된 일상에 조금이라도 숨쉴 틈이 생겼다.

"그런 거래는 다 어디서 배운 거야?"

"거래라니?"

언젠가 내가 물었을 때 선이는 거래라는 표현부터 동의하지 않았다.

"난 그냥 모두를 돕는 거야. 누군가가 뭔가를 간절히 원하면 난 그걸 느낄 수 있어. 그럼 외면할 수가 없어."

선이는 스스로를 잘 아는 사람이었다. 그녀는 언제나 누군가를 돕는 데서 자신의 존재 의의를 찾았다. 마음의 촉수가 자신의 도움을 필요로 하는 존재들을 향해 뻗어 있었다. 하지만 그녀의 의도가 항상 있는 그대로 받아들여지는 것은 아니었다. 모든 거래에는 만족하지 못하는 누군가가 있게 마련이었다. 사기를 당했다며 달려드는 놈이 있는가 하면, 불량품을 받았다고 환불을 요구하며 거세게 항의하는 녀석도 있었다. 선이는 그들 앞에서 늘 센 척했지만 모든 휴머노이드가 제정신은 아니었기 때문에 경계를 늦추지 않았다.

어떤 휴머노이드들은 차분히 죽을 날을 기다렸다. 내 옆자리에는 영감님이라 불리던 미국산 구형 휴머노이드가 있었는데, 2030년대 중반에 제작된 제품이었다. 이미 오래전에 폐기

됐어야 할 모델이었지만 주인인 노부부와 오래 함께 살았고, 그들이 자식처럼 아끼며 잘 관리한 덕분에 기대 수명을 넘겨 작동하고 있었다. 처음 노부부가 구매했을 당시에 그는 나와 비슷하게 열일고여덟 살 정도의 외모였을 것이다. 자연스럽게 늙는 피부가 미처 대중화되지 않았을 때의 모델이어서 주름은 하나도 없었다. 대신 세월의 흔적, 즉 '사용감'이 강하게 남아 있었다. 흉터라든가 자외선으로 인한 변색 때문에 그의 얼굴은 늙었다기보다는 낡았다는, 아니 바랬다는 느낌을 주었다. 이런 얼굴은 처음 보면 어딘가 부자연스러운 데가 있고 거부감이 든다. 얼굴의 형태는 어린데 피부색은 누리끼리하고 흠집도 여기저기 나 있어 마치 버려진 마네킹처럼 보였다. 관절들이 하나둘 문제를 일으키면서 인간 노인처럼 그의 척추는 구부러지고 머리는 거북목이 되어 앞으로 나와 있었다. 직립 보행을 하는 인류를 모방했기 때문에 늙었을 때의 자세도 크게 다르지 않았다. 게다가 그는 최신의 감정 회로가 장착돼 있지 않아 늘 밝고 명랑한 태도만 취할 수 있었다. 얼굴은 인간의 소년이었지만 하는 행동은 반려견과 다름없었다. 주인이 오면 환하게 웃으며 환영하고, 그 어떤 모욕과 비난에도 미소를 지으며 응대하도록 만들어졌기 때문이다.

"오, 너는 정말 신형이구나. 얼마나 좋을까?"

처음 만나던 날, 영감님은 내 얼굴을 바라보며 환하게 웃었다. 그가 지을 수 있는 거의 유일한 표정이었다.

"아, 저는 인간이에요."

"아, 그렇군요. 죄송합니다. 저는 휴머노이드인 줄 알았습니다."

그는 인간에게는 깍듯하게 존대를 했다. 나와 선이는 그럴 필요가 없다고 했지만 그의 프로그램을 바꿀 수는 없었다. 그는 자기와 함께 살던 할아버지와 할머니가 얼마나 좋은 사람이었는지 말하기를 좋아했다.

"그렇게 사랑하셨는데 왜 등록을 안 하셨대요?"

선이가 물었다.

"두 분 다 연세가 많으셨으니까요. 법이 바뀐 줄 모르셨던 거예요. 얼마나 저를 찾고 계실까요? 제가 없으면 안 되는 분들이거든요."

수용소에 들어온 지 얼마 지나지 않아 그는 거동이 어려워졌고, 인지 기능도 심각하게 떨어졌다고 한다. 그런데도 밝은 얼굴로 할아버지, 할머니와의 추억만 온종일 떠들어대고 있었다. 얼마 후 영감님은 아예 매트리스 밖으로 나올 수도 없는 상태가 되었고 의식도 흐려졌다. 우리 모두는 그의 죽음이 임박했음을 알고 있었다. 그런데 영감님이 갑자기 헛소리 아닌 헛

소리를 하기 시작했다. 어조라고는 없는 기계적인 음성으로 온종일 뭔가를 중얼거렸다. 그런데 그게 의미 없는 헛소리가 아니라 하나하나가 고도의 복잡한 연산을 필요로 하는 수식이거나 계산이었다. 예를 들어 음식의 보존과 부패의 기간을 결정하는 수분 활성도 공식 같은 것을 떠들어댔다.

"열역학 특성인 수분 활성도는 동일한 온도하에서 그 음식의 수증기압에 대한 그 온도에의 순수한 물의 수증기압의 비율 혹은 동일한 온도하에서 그 음식을 둘러싼 공기의 평형 상대 습도로 정의된다. 그것을 구하는 공식은……"

"또, 또, 저놈의 공식들, 설명들."

영감님 옆에 누워 있던 휴머노이드가 짜증을 부렸다. 나는 물었다.

"도대체 왜 저런 걸 다 기억하고 계신 거죠?"

"기억이라기보다 뭔가 고장이 난 거지. 일반 가정 주방에선 수분 활성도 같은 것을 구할 필요가 없잖아. 그냥 결론만 알면 돼. 수분이 많은 식품은 잘 상한다, 소금이나 식초, 설탕으로 재어두면 수분 활성도가 떨어지고 그럼 훨씬 오래 보존할 수 있다. 그 정도만 알면 되거든. 저 영감은 집에서 요리를 하고, 요리한 음식을 상하지 않게 보관할 필요가 있었기 때문에 설계자가 수분 활성도에 대한 원리를 입력해놓았을 거야. 그래야 주방을 위생적으로 관리할 수 있으니까. 하지만 인간과 비슷하게 보여야 했기 때문에 그런 정보들을 평소에는 떠올리지 못하도록 막아놓았겠지. 그런데 지금은 그런 제한이 풀리면서 마구 튀어나오고 있는 거야."

"그렇다면 모든 휴머노이드에게는 다 그런 게 있겠네요? 내장은 돼 있지만 자기는 전혀 모르고, 그렇기 때문에 평소에는 접근할 수도 없는 정보나 기능들이요. 설계자들이 막아놓은 것들."

"인간들이 애초에 막아놓은 이유가 있어. 인간의 뇌도 경험한 모든 것을 기억한다고 해. 하지만 책이 너무 많이 쌓인 곳에서는 특정한 책을 찾기 어렵듯이 모든 기억이 다 살아 있다면 필요한 기억을 제때 찾을 수 없잖아? 그래서 쓸데없는, 자주 사용하지 않는 기억들은 거의 잊힌 상태로 보관되고 있어. 기억력뿐 아니라 연산 능력, 감각 능력, 집중력 같은 것도 너무 발달하지 않도록 인간의 뇌가 제어해."

"왜요?"

"정상적인 생활이 불가능해지거든. 사회생활도 어렵고……예를 들어 자폐증이 있는 인간 아이 중에 특별한 능력이 있는 경우가 많아. 놀라운 집중력도 특징이고, 아무도 그리지 못하는 그림을 반복적으로 집요하게 그려 특이한 아름다움을 창조

한다거나 도박판에서 카드를 모두 기억한다거나 하는 능력인
데, 이런 특별한 능력이 발휘되는 대신 사회성은 떨어지게 돼.
인간들이 천재나 신동이라고 부르는 아이들을 봐. 능력들 사
이의 균형에 문제가 있거든."

아빠도 언젠가 비슷한 말을 한 적이 있다. 휴머노이드를 개
발할 때에도 선택을 해야 한다고, 인간과 같이 살아가야만 하
는 휴머노이드에게 무한정의 능력치를 줄 수도 없고, 그래서
도 안 된다고. 따라서 설계자는 휴머노이드에게 어떤 능력을
어디까지 부여하고 어떤 기능은 제한해야 하는지, 그 균형점
을 찾아야 한다고 했다.

"휴머노이드는 기본적으로 모바일 컴퓨터야. 인간보다 훨
씬 탁월한 계산 능력, 암기력, 과학적 추론 능력 같은 걸 기본
으로 갖고 있지. 게다가 휴머노이드의 뇌는 네트워크에 상시
적으로 연결해 필요한 정보를 검색할 수도 있어. 하지만 인간
이 이들을 친근하게 느끼게 하려면 이런 능력을 적당한 수준
으로 제어할 필요가 있어."

그때 아빠는 좀 의미심장한 말을 덧붙였다.

"철아, 너에게는 엄청난 능력이 있어. 하지만 모든 소중한
것들이 그렇듯 잘 숨겨져 있단다. 네가 잠재력을 찾아내어 잘
사용하기만 한다면 넌 타고난 한계를 극복하고 더 높은 차원

으로 올라갈 수 있을 거야. 그러려면 그 능력을 발휘하는 데에서 더 나아가 그걸 잘 통제할 수 있어야 해. 물론 지금 네가 갖고 있는 능력도 충분하니까 너무 성급하게 생각하지 말고 그걸 최대한 활용하면 된단다.”

그때는 그 말이 그저 한창 자라나는 자식에게 해주는 뻔한 소리라고 생각했다.

“아빠가 내게 그런 이야기를 한 것은 혹시 내가 휴머노이드라는 의미였을까?”

나는 선이에게 물었다.

“글쎄, 넌 어떻게 생각해?”

“난 내가 인간이 아닐 거라고는 한순간도 생각해본 적 없어.”

“자기가 누구인지 잘못 알고 있다가 그 착각이 깨지는 것, 그게 성장이라고 하던데?”

“그럴 리가 전혀 없는 게, 내가 만약 자기가 인간이라고 믿고 있는 휴머노이드라면, 물론 여기 오기 전까지는 그럴 가능성은 전혀 생각해본 적 없지만, 이제는 그럴 가능성도 생각해보지 않으면 안 되기 때문에 여기서는 가끔 생각하기는 하는데, 하여간 만약 그렇다면, 설명이 안 되는 게 있어. 아무리 생각해도 우리 아빠가 그걸 나한테 숨길 이유가 없어.”

"혹시 최근에 스스로를 인간으로 알고 살아가는 최신형 휴머노이드가 생산되고 있다는 얘기 들은 적 있어?"

"내가 여기 온 다음날 팔이 뽑힌 그애처럼 말이야? 도대체 그런 걸 어디서 만드는 거야?"

"미국에서는 이미 많이 나왔고 중국과 인도에서도 생산하고 있어. 우리나라에서는 대표적으로……"

선이는 잠시 민이를 바라보았다. 민이는 나를 빤히 올려다보고 있었다. 둘은 같은 생각을 하고 있었다. 선이가 말했다.

"휴먼매터스 랩."

"정말? 나는 한 번도 본 적 없는데? 거기 휴머노이드들은 모두 자기가 휴머노이드라는 걸 잘 알고 있어. 그래서 내가 아빠가 나를 그런 문제로 속일 리가 없다고 말하는 거야. 거긴 인간과 기계를 가장 차별하지 않는 곳이고, 어떤 면에서는 잘 기능하는 기계에 더 열광하는 곳이거든. 연구자와 과학자의 커뮤니티니까 다들 그런 문제에 마음이 열려 있는 편이야."

하지만 그렇게 단언을 하다보니 오히려 의심이 들기 시작했다. 내가 과연 휴먼매터스를 그렇게 속속들이 잘 안다고 확신할 수 있을까? 그곳에 대해 내가 아는 것은 대부분 아빠의 필터를 통과한 것이었고 내가 들어갈 수 있는 곳, 만날 수 있는 이들의 범위도 한정돼 있었다.

"도대체 그런 휴머노이드를 만드는 이유가 뭔데? 무슨 쓸모가 있어?"

선이는 내 눈을 정면으로 들여다보며 말했다.

"나도 여기 들어오기 전에는 그런 게 있다는 것도 몰랐어. 휴머노이드들을 만나면서 알게 된 거야. 나는 제작사들이 자기들의 기술을 과시하려는 거라고 생각해. 물론 평범한 소비자들은 그런 휴머노이드를 필요로 하지는 않아. 인간처럼 음식을 섭취하고 그걸 화학적, 생물학적으로 처리한 뒤 배설까지 하는 휴머노이드를 곁에 두는 것은 꽤 번거로운 일이니까. 전기로 움직이는 휴머노이드가 훨씬 안정성도 높고 편리하지. 기업들이 이런 휴머노이드를 굳이 만드는 이유는 따로 있어. 그 회사의 기술력이 드러나잖아. 인간의 약점과 불편까지 구현한 휴머노이드는 마치 마법처럼 보일 거야. 이런 유명한 말도 있잖아. 충분히 발전한 기술은 마법과 구별되지 않는다. 인간은 속아넘어가는 것은 싫어하지만 마법에는 너그러워. 아니, 아주 즐거워하기까지 하잖아. 그런데 자기를 인간으로 생각하는 휴머노이드가 가능하려면 기억이라든가 연산 기능 같은 것은 평범한 인간 수준으로 제한하고, 대신 공포나 후회, 기쁨 같은 인간의 감정을 그대로 느낄 수 있어야 돼. 그러려면 휴머노이드는 인간처럼 아무리 발버둥쳐봐야 언젠가는 죽을 수밖에 없다는 걸 알아야 하지. 삶이 영원하지 않다고 생각해야 모든 감정에 절실해지니까."

"하지만 그게 어떻게 가능해? 지능이 있는 휴머노이드라면 결국 자기가 기계라는 것을 언젠가 알아차리게 될 텐데."

"잠을 자는 동안 뇌의 특정 부분을 리셋한다고 들었어. 혹시 의심이 들더라도 아침이 되면 휴머노이드는 전날 품었던 스스로에 대한 의심을 모두 잊은 채 자기가 인간인 줄 알고 다시 하루를 시작하는 거야. 휴머노이드의 뇌에서 전날의 기억을 선택적으로 지우는 건 어려운 기술이 아니잖아?"

"스스로를 인간으로 생각하는 게 그렇게 간단할 리 없잖아. 예를 들어 인간처럼 먹고, 인간처럼 배설하고, 더우면 땀도 흘려야 하잖아. 잠도 자야 하고……"

선이는 옆에서 우리의 대화를 듣고 있던 민이를 가리켰다. 민이는 다시 한번 소매를 걷어 자신의 잘린 팔목을 보여주었다.

"깜빡했나본데, 얘도 휴머노이드야. 그런데 밥을 먹고 화장실을 가잖아. 민이도 자기가 기계일 거라고는 꿈에도 생각 못 했대. 그렇지?"

민이가 고개를 끄덕였다.

"처음에는 안 믿었어요. 그냥 엄마 아빠가 날 싫어하는구나 생각했어요."

선이는 민이의 어깨를 끌어안았다.

"이제 민이는 자기가 로봇이라는 걸 확실히 알아. 아무리 자는 동안 리셋이 돼도 아침이면 잘린 팔목과 인공섬유들이 보이니까. 여기서 처음 민이 만났을 때 내가 그랬어. 인간 그거 아무것도 아니라고. 오히려 휴머노이드이기 때문에 가능한 어떤 장점도 분명히 있을 거라고, 같이 찾아보자고. 민이 역시 휴머노이드라면, 그 안에는 인간은 꿈도 못 꿀 놀라운 학습 능력과 거의 무한에 가까운 기억력 같은 게 숨겨져 있을 거야."

"그걸 어떻게 발현시킬 수 있는데?"

"내가 좀 알아봤는데 함부로 발현시키면 오히려 위험하대. 다른 능력들과의 균형이 무너질 수 있다는 거야. 하지만 불가능한 건 아니래. 뇌를 해킹해 인간들이 걸어놓은 제한을 풀면 된대. 그런데 자칫 잘못하면 특정 기능만 폭주하면서 통제 불능 상태에 빠지게 된다는 거야. 인간으로 말하자면 미쳐버리는 거지. 그래도 나는 민이를 위해서 어떻게든 그 방법을 찾아내고 싶어. 민이가 인간 비슷한 그 무엇으로 살다가 죽게 만들지는 않을 거야. 우리는 네가 휴먼매터스에서 왔다고 했을 때 솔직히 희망을 품었어."

"무슨 희망?"

선이가 대답했다.

"얘 뇌를 해킹해줄 누군가를 찾고 있었거든. 네가 뭘 좀 알고 있을 거라 생각했어."

처음 이곳에 들어왔을 때 민이는 휴먼매터스라는 말을 듣고는 나에게 바로 관심을 보였고, 다음날 선이는 애꾸눈과 위장복의 위협을 막아주었다. 왜 그랬는지를 그제야 알았다.

"전에도 말했지만 나는 그런 것은 하나도 몰라. 그렇지만 여기서 나갈 수만 있다면 우리 아빠가 민이를 도와줄 수 있을 것 같기도 해. 아빠 팀에 최고의 연구자들이 있거든. 너희들은 내 친구니까 절대 외면하지 않으실 거야."

선이는 내 눈을 똑바로 바라보며 말했다.

"그래, 그럼 정말 좋겠다. 그런데 철아, 너는 아직도 네가 진짜 아들이라고 확신해?"

실패한 쇼핑의
증거

너는 아직도 네가 진짜 아들이라고 확신해?

선이의 말은 오랫동안 나를 괴롭혔다. 진짜 아들이 아니라면 나는 무엇일까? 기계라는 거겠지. 아빠라면, 그래, 아빠라면 충분히 가능하다. 가능은 하겠지만, 도대체 왜? 무슨 목적으로? 정말 선이가 말한 그 이유로? 휴먼매터스의 기술력을 과시하려고? 아빠는 휴먼매터스의 창립 멤버였다고 한다. 그러나 지금은 왕따에 가깝다. 한번은 우리집에 놀러온 다른 연구자들과 크게 다툰 일도 있었다. 아빠는 강(强)인공지능이 스스로 학습하고 발전하면서 심지어 다른 인공지능 로봇을 설계까지 하는 시대를 막아야 한다고 했다. 다른 연구자들은 아빠와 의견이 달랐다. 특히 한때 아빠와 절친했던 김 박사는 그날

저녁 내내 아빠와 각을 세웠다.

"그건 막을 수 없어, 최 박사. 과학은 언제나 그랬어. 상상한 것은 결국 다 현실이 돼."

"그러니까 막아야지. 인공지능의 폭주는 결국 인류의 종말로 이어질 거야. 우리는 인간이지 기계가 아니야."

"이미 인간은 기계와 결합하고 있어. 지금 웨어러블 없이 살아갈 수 있는 사람 여기 아무도 없잖아? 우리의 심장박동, 혈압, 혈당, 그 밖의 모든 수치가 기계에 기록되고 관리되고 있어. 우리가 기계와 다를 게 뭐야? 이미 우리는 사이보그라고."

"그럼 김 박사는 자기 뇌를 업로드해서 인공지능과 같이 영생할 거야?"

아빠의 질문에 오히려 김 박사가 반문했다.

"그럼 최 박사는 안 할 거야? 안 할 이유가 없잖아. 우리의 의식을 업로드하면 그 의식은 육체 없이도 지금과 똑같이 살아갈 거야. 사유하고 연구하고 토론도 하겠지."

"바보 같은 소리 하지 마. 인공지능이 우리를 왜 필요로 하겠어? 우리가 인간일 때만 그들에게 가치가 있는 거야. 인간은 아직 충분히 해명되지 않았으니까. 우리의 비밀이 낱낱이 밝혀지면, 아마 그런 날이 곧 오겠지만, 업로드된 우리의 의식을 기계들이 뭐하러 보존하겠어? 그 의식을 돌리느라 에너지만 잡아먹을 텐데. 어느 날, 한 기계가 다른 기계에게 묻겠지. '저장 장치가 꽉 찼습니다. 쓸데없는 파일들을 지우시겠습니까?' 그럼 다른 기계가 '예' 버튼을 누르겠지. 그렇게 그냥 사라지는 거야. 영생은 헛된 희망이야."

김 박사도 물러서지 않았다.

"그러니까 기계와 더 결합해야지. 우리의 의식이 그들의 작동 원리의 일부가 되도록 해야 해. 인공지능을 설계할 때마다 그걸 고려해야 한다고. 대장 내 박테리아가 인간 뇌의 움직임을 제어하듯이 말이야."

"비유 좋네. 우리가 장내 세균처럼 거대한 기계문명의 일부가 될 수 있다고 쳐. 하지만 그게 무슨 의미가 있어?"

"최 박사는 과학에서 왜 의미를 찾아? 인류는 언제나 최신 과학의 성과들을 받아들이며 진화해왔지 의미를 찾아 진화한 게 아니었잖아? 진화에 의미나 목적 따윈 없었어. 절묘한 우연들이 중첩된 것뿐이었잖아. 인간과 기계의 결합은 자연스러운 일이야. 그것들을 설계한 건 우리지만 우리도 기계에 맞추기 위해 우리 자신을 꾸준히 변화시켜왔어. 로봇 청소기가 잘 돌아다닐 수 있도록 문턱을 없앴고, 자연어를 잘 알아듣지 못하는 초기 인공지능 스피커에게 마치 로봇처럼 말하곤 했던 거 기억 안 나?"

모처럼의 저녁 자리는 불쾌한 침묵으로 끝났다. 그후로는 누구도 우리집을 찾아오지 않았다. 아빠는 더욱더 외골수가 되어 인류의 정신적 유산을 파고들면서 어떻게 하면 눈부시게 발전해가는 인공지능들을 제어할 수 있을까를 고민했던 것 같다. 그런 아빠라면 자기 철학을 뒷받침하는 휴머노이드를 한번은 만들어보지 않았을까? 아빠는 언제나 나에게 여러 언어와 고전문학, 클래식 음악을 가르쳤고 내가 뛰어난 성취를 보일 때마다 기뻐했다. 가장 인간다운 휴머노이드, 인간의 감정과 윤리를 그대로 가지고 인간의 문화적 유산을 계승해나갈 휴머노이드. 혹시 그게 바로 나 아니었을까?

내가 이렇게 '나는 누구인가'에 빠져 있을 때, 선이는 여전히 거래를 계속했다. 시장에서 거래되는 것이 물건과 재능만이 아니라는 것을 알게 된 것도 그때였다. 시장에서는 정보도 유통된다. 모든 네트워크와의 연결이 끊어진 상황에서 이런 정보는 아무리 하찮은 것이라도 소중했고, 선이는 조각 정보들을 모아 자기만의 퍼즐을 맞춰나갔다. 어느 날 새로 들어온 입소자들을 만나고 온 선이가 나를 흔들어 깨웠다.

"격화되고 있는 것 같아."

나는 눈을 가늘게 뜨고 선이를 올려다보았다. 선이를 따라온 민이는 무슨 말인지 몰라 눈만 멀뚱멀뚱 뜬 채 이렇게 물었다.

"격화가 뭐야?"

"심해진다는 거야."

"그런데 뭐가 격화된다는 거야?"

이번엔 내가 물었다.

"내전 말이야. 지금 정부가 확실히 장악하고 있는 곳은 서울과 평양, 부산과 인천 정도야. 대도시를 벗어나면 무장 집단들이 언제 출몰할지 모르는 상태야. 통일 이후, 정부는 비용이 너무 많이 드는 지방의 인프라 유지를 사실상 포기했어. 그러자 통일에 불만을 품은 세력들과 전투용 휴머노이드들이 동부 산악 지역을 중심으로 세력을 키워가기 시작했지. 정부도 더이상은 방관할 수 없을 정도로 말이야."

휴먼매터스 캠퍼스 위를 날아가던 전투 유닛들은 전시용이 아니었던 것이다. 선이는 새로 들어온 휴머노이드들이 모여 있는 구역을 손가락으로 가리켰다. 절룩거리거나 아예 거동이 불가능한 로봇이 많았다.

"봐, 멀쩡한 애들이 거의 없잖아. 정부가 갑자기 무등록 휴머노이드를 잡아들이기 시작한 것도 그것과 관련이 있어. 도시 게릴라의 파괴 행위를 막으려는 거지. 실제로 휴머노이드들이 평양 시내로 잠입해 테러를 하고 있대."

내가 보아온 뉴스들은 과장이 아니었다. 실제로 내전이 진행되고 있었다.

"그런 파괴 행위가 간혹 벌어지기는 하지만, 그건 중국 정보 기관의 소행이라고 하던데?"

"그건 정부의 공식 발표고…… 물론 그럴 가능성이 전혀 없는 것은 아니야. 민병대 배후에 중국이 있다는 설이 파다하니까. 어쨌든 중요한 것은 그들이 가까이 오고 있다는 거야."

수용소에 들어온 이후 밤마다 들려오던 둔중한 폭발음과 비행체들의 소닉붐 소리도 그것 때문이라는 게 선이의 말이었다. 그 소리는 날이 갈수록 더 가까워지고, 잦아졌다. 곧 그들이 수용소로 들이닥쳐 이곳에 갇힌 휴머노이드들을 '해방'시킬지도 모른다. 나는 그 소란을 틈타 집으로 돌아갈 수 있을 거라는 기대를 품었다. 그런데 선이는 나처럼 낙관적이지 않았다.

"좋아할 일만은 아니야. 민병대는 무슨 짓을 저지를지 몰라. 이들은 국제 여론 같은 것은 신경쓰지 않아. 쓸모없는 휴머노이드는 바로 폐기하고 인간은 다 죽여버릴 거야. 적어도 여기 기계들은 그러지는 않잖아. 정부의 통제 아래 있으니까."

"정부에서 그냥 겁을 주려고 하는 소리 아닐까?"

"아니야. 최근에 들어온 휴머노이드들 말도 마찬가지야. 어쨌든 곧 큰 변화가 닥칠 거니까 마음의 준비를 해둬."

"만약 여기서 나갈 수 있다면 선이 너는 어디로 갈 거야? 갈

데는 있어?"

"인도."

의외의 대답이어서 나는 내가 알고 있는 그 나라가 맞나 한참 생각했다.

"거긴 너무 멀지 않아? 거길 왜?"

대답은 민이가 했다.

"제가 거기서 생산됐대요. 거기 가서 잘린 손 다시 달아달라고 하고 초기화도 해달라고 하려고요."

민이는 인도에서 제작됐지만 서울에서 활성화된 모델이었다. 얼굴은 주문자가 사랑하는 한국인 아역 배우를 거의 그대로 닮아 있었다. 아이를 기르는 경험을 해보고 싶었던 이들은 처음에는 민이를 예뻐했지만 그들의 즉흥적인 애정은 오래가지 않았다. 마음이 변해버린 그들은 민이를 몇 년간 그대로 집에 방치해두었다고 했다.

"쟤는 그들에게 실패한 쇼핑의 산 증거와 같았던 거야. 민이가 구석에 웅크리고 있으면 보기 싫다며 보이지 않는 곳에 가 있으라고 했대. 민이는 처음에는 집안일이라도 해보려고 했지만 이미 그걸 잘하고 있는 전문 휴머노이드가 있었고, 애당초 용도가 사랑받는 것밖에 없었던 애가 그런 걸 잘할 리도 없었지."

선이가 말했다.

"주로 옷장에 숨어 있었어요. 중고로 팔려고 내놓으니까 사람들이 몇 번 보러 오기도 했어요. 근데 안 팔렸어요."

민이의 말이었다. 선이가 위로하듯 민이의 어깨를 쓰다듬었다.

"소비자들은 한번 다른 집에 입양됐던 중고 휴머노이드 아이는 원하지 않거든. 성격이 이미 형성됐다고 생각하는 거야. 파양된 걸 보면 성격에도 문제가 있을 거라 넘겨짚기도 하고…… 그들은 사용감이 없는 아이만 원해."

사용감. 여러 번 들었지만 여전히 익숙해지지 않는 단어였다.

"민이를 데리고 인도로 갈 거야. 공장 초기화를 시켜달래. 나쁜 기억을 다 지워버리고 싶다는 거야. 그런데 어떻게 거기까지 가야 할지를 모르겠어. 그리고 어찌어찌 간다 해도 그 회사에서 과연 돈을 들여서 민이를 수리해주고 초기화도 시켜줄까? 민이가 국산이었다면, 휴먼매터스 같은 대기업에서 생산한 제품이었다면 얼마나 좋을까. 거긴 서비스 센터도 많고."

민이는 인천의 한 놀이동산에 버려졌다. 그리고 흘러 흘러 인천항까지 가게 되었다. 버려진 휴머노이드들은 제조 국가별로 모였다. 갈 곳을 잃은 높은 지능의 기계들이 그나마 자신의 원산지를 연고지로 여기고 그곳으로 가려 했다는 말은, 그 말을 처음 들었던 당시에도, 그리고 지금도 슬픈 마음을 불러일

으킨다. 그들은 화물선에 숨어들 기회를 노렸고 일부는 성공하기도 했다. 그러던 어느 날 단속반이 떴고 민이는 가장 먼저 붙들렸다. 선이는 민이의 온전한 오른손을 잡으며 말했다.

"걱정하지 마. 누나가 고쳐줄 거야. 넌 내가 지금까지 만난 그 어떤 인간보다도 훌륭하고, 그 어떤 인간보다도 온전해. 우리는 의식을 가진 존재로 태어났어. 민이 네가 인간이든 기계든 그건 중요하지 않아. 수억 년간 잠들어 있던 우주의 먼지가 어쩌다 잠시 특별한 방식으로 결합해 의식을 얻게 되었고, 이 우주와 자신의 기원을 의식하게 된 거야. 우리가 의식을 가지고 살아가는 이 잠깐을 이렇게 허투루 보낼 수는 없어. 민아, 너는 세상의 온갖 아름다운 것들을 다 보고 느끼게 될 거야. 걱정하지 마."

인도에 가서 기억을 지우면 선이 너도 잊어버릴 텐데 괜찮아? 나는 묻고 싶었지만 입 밖에 내지는 않았다. 선이는 팔을 잃은 민이에게 책임을 느끼고 있었고 수용소에 오기 전에 겪은 민이의 트라우마를 치유해주고 싶어했다. 가장 완벽한 치유는 기억의 리셋일 테니, 그것만 가능하다면 자기 따윈 잊어버려도 상관없다고 생각하는 것일까?

그때 이미 선이에게는 남다른 사생관(死生觀)이 확고하게 자리잡고 있었다. 그녀는 의식과 감정을 가지고 태어난 존재는 인간이든 휴머노이드든 간에 모두 하나로 연결되고 궁극에는 우주를 지배하는 정신으로 통합된다고 생각했다. 선이는 수용소에 들어오기 전부터, 우주의 모든 물질은 대부분의 시간을 절대적 무와 진공의 상태에서 보내지만 아주 잠시 의식을 가진 존재가 되어 우주정신과 소통할 기회를 얻게 된다고 여겼다. 그리고 우리에게 지금이 바로 그때라고 믿었다. 그러므로 의식이 살아 있는 지금, 각성하여 살아내야 한다고 했다. 그 각성은 세상에 만연한 고통을 인식하는 것에서 시작하고, 그 인식은 세상의 고통을 줄이기 위해 노력할 것을 요구하기 때문에, 개개의 의식이 찰나의 삶 동안 그렇게 정진할 때, 그것의 총합인 우주정신도 더 높은 차원으로 발전한다고 했다. 그 무렵 선이가 만트라처럼 외우던 말은 이것이었다.

"우주는 생명을 만들고 생명은 의식을 창조하고 의식은 영속하는 거야. 그걸 믿어야 해. 그래야 다음 생이 조금이라도 더 나아지는 거야. 그게 언제일지는 모르지만."

탈출

가장 먼저 나타난 징후는 경비 휴머노이드들이 사라진 것이었다. 처음엔 그저 뭔가 사소한 문제가 생겼으려니 생각했지만 그들이 이틀째 모습을 보이지 않자 수용소는 술렁이기 시작했다. 사료의 공급도 중단되었다. 다음 징후는 제한 송전이었다. 전기 공급이 자주 끊기기 시작하더니 나중에는 낮에만 두세 시간 전기가 들어왔다. 전기가 에너지원인 전동 휴머노이드들이 가장 먼저 동요하기 시작했다. 태양전지로 작동하는 휴머노이드도 있었지만 빛이 들어오지 않는 실내에선 무용지물이었다. 대부분 전동인 전투용 휴머노이드들은 충전 스테이션 주변에 집결해 전기를 독점하기 시작했다. 나머지 휴머노이드들은 빈사 상태에 빠졌고, 약간의 전기라도 얻으려면 안구나 필수 부품을 내놓아야 할 지경이 되었다. 그러나 겨우 며칠 동안 쓸 에너지를 얻겠다고 눈을 내줄 수는 없는 노릇이었다.

밤이면 암흑이 찾아왔다. 그러자 적외선 투시 옵션이 내장된 휴머노이드들이 득세했다. 그들은 어둠을 틈타 낮에 전기를 독점한 전투용 휴머노이드를 공격했다. 건장한 전투용 휴머노이드들이 밤만 되면 온몸이 해체되어 나뒹굴었다. 아침이 밝아오면 용케 살아남은 전투용 휴머노이드들이 적외선 센서를 장착한 비전투용 휴머노이드들을 색출했다. 하지만 겉으로 봐서는 누가 그런 기능을 갖고 있는지 알 수 없었으므로 이들은 자기들을 제외한 기계파의 안구를 모두 뽑겠다고 덤볐다. 졸지에 눈을 잃은 휴머노이드들이 괴성을 지르며 바닥을 기어다녔다. 내전은 바깥이 아니라 수용소 안에서 격화되고 있었다. 이런 상황에서는 선이도 평화를 만들어낼 재주가 없었다.

다행한 것은 이제 그들이 우리에게 관심이 없어졌다는 것이었다. 적외선 투시 기능이 있을 리 없는데다가 전기를 두고 자기들과 다툴 일도 없었기 때문이다. 한낱 똥싸개인 우리는 멀찍이 떨어져 그저 그들의 내전을 숨죽이고 바라볼 뿐이었다. 날마다 기계파의 '시체'들이 나뒹굴었다. 그렇다고 우리가 안전한 것은 아니었다. 점점 배가 심하게 고파왔고, 시력을 잃은 눈먼 기계파 휴머노이드들이 다족류 벌레처럼 수용소 바닥을 기어다니다가 난데없이 우리 발목을 으스러지도록 잡곤 했으므로 긴장을 늦추지 않고 그것들을 피해 다녀야 했다. 처음엔 아직 눈이 온전한 전투용 휴머노이드들이 눈먼 기계파 휴머노이드들을 밟아 죽이고 다녔지만, 곧 얼마 남지 않은 에너지를 낭비해가며 그런 짓을 할 필요가 없다는 것을 깨닫고는 자기들한테 다가오지만 않는다면 그대로 내버려두었다. 어차피 눈도 잃고 방전까지 된 그들은 반격할 능력이 없었다. 그렇게 하나둘 작동을 멈추면서 '죽음'을 맞이했다. 전기만 공급된다면 당장이라도 '부활'하겠지만 일단 그렇게 작동이 중단되면 다른 휴머노이드들이 몰려들어 혹시라도 자신에게 필요한 것이 있을까 분해를 시작했고, 그 결과로 진짜 '죽음'이 찾아왔다. 땅에 묻을 필요가 없는 기계들, 그들의 묘지는 20세기 지구상 어디에나 있었던, 특히 대도시 변두리에 위치했던 폐차장과 비슷해 보였다.

선이는 침착하게 사태를 바라보았다.

"전기는 오래가지 않을 거야. 그제야 저 바보들은 탈출을 생각하겠지."

선이의 예상대로 제한 송전마저 중단되었다. 암흑의 수용소는 혼돈 속으로 빠져들었다. 에너지 레벨이 바닥에 가까워진 전투용 휴머노이드들은 눈에 띄게 초조해하기 시작했다. 문을 부수자, 담을 넘자, 여러 의견이 나왔다. 다가올 '죽음'을 예감하고 기계답지 않게 감정적으로 행동하던 그 전투용 휴머노이드들의 모습에 강한 흥미를 느꼈던 기억이 난다. 그들은 에너지가 바닥날 때가 되면 다급하게 충전을 원하도록 설계돼 있었다. 에너지가 방전되면 먼저 움직임이 멈추고, 움직임이 오래 멈추면 몸속의 '대사'도 중단되고, 곧 진짜 '죽음'을 피할 수 없게 된다. 따라서 이들이 에너지가 방전되는 상황을 심각하게 여기고, 아직 에너지가 남아 있을 때 필사적으로 충전할 곳을 찾아다니도록 만든 것은 당연했다. 그것은 인간이 심한 굶주림이나 갈증으로 위기감을 느낄 때와 다르지 않은 것 같았다. 시야는 좁아지고, 마음은 급해지며, 극단적으로 이기적인 행동을 한다. 언젠가 나는, 인간 이외의 동물들은 누군가에게 공격을 당하지 않는 이상 담담하게 죽음을 받아들인다는 글을 읽은 적이 있다. 동물은 죽음이라는 개념 자체가 없기에, 다만 자기의 기력이 쇠잔해짐을 느끼고 그것에 조금씩 적응해가다가 어느 순간 조용히 잠이 들 듯 삶과 죽음의 경계를 넘어간다고 한다. 그러나 다른 종과는 달리 인간만은 죽음을 구체적으로 상상할 수 있기에, 죽음 이후도 필요 이상으로 두려워한다. 아빠와 함께 보았던 20세기의 영화 〈블레이드 러너〉에서도 죽음을 앞둔 휴머노이드들이 필멸의 운명을 피해보려 자신들의

'창조주'를 찾아가 삶을 연장해달라고, 다시 말해 죽음을 미뤄달라고 요구한다. 설계자들이 휴머노이드에게 죽음에 대한 공포라는 인간적인, 너무나 인간적인 요소를 프로그래밍한 것은 단지 그것들이 더 잘, 문제없이 오래 작동하기를 바라는 의도에서였지만, 그 결과로 이들은 궁지에 몰린 인간들처럼 잔인하고 무정하게 자기 생존을 도모하는 데에만 몰두하게 되었고, 그럴 때 그들은 인간보다 더 인간적이 되었다. 그때 나는 처음으로 어쩌면 이들도 인간이 심어놓은 죽음에 대한 두려움으로 말미암아 신까지 믿게 되는 날이 오지 않을까 생각했다. 저토록 삶에 집착하며 죽음을 피하고자 한다면, 어째서 그들이 사후 세계를 약속하는 초월적 존재에 대한 믿음을 필요로 하지 않을 것이라 단언할 수 있겠는가.

선이 역시 전투용 휴머노이드들이 서로를 공격하면서 자멸해가는 모습을 관심 있게 지켜보았지만 나와는 전혀 다른 관점을 갖고 있었다. 나는 기계들도 언젠가 종교를 상상해낼 거라 생각한 반면, 선이는 기계가 일단 의식을 가진 이상, 우주를 지배하는 정신의 일부가 되어가고 있다고, 그러니까 인간의 의식과 깊은 수준에서 '연결'되기 시작했다고 생각했다. 인간이 기계에게 의식을 부여한 것이 아니라, 우주를 지배하는 의식이 태초에 인간에게 깃들었듯이 이제 기계도 인간과 같은 길을 걸어가기 시작했다는 것이다. 세상의 모든 의식은 선이가 늘 말하는 '우주정신'의 일부이므로, 그 자체로는 선도 악도 없고 다만 그렇게 만든 어떤 조건과 상황이 문제라는 식이었다. 기계의 포악성은 그것이 기계이기 때문이 아니라 그들을 포악하게 만든 무언가 때문이라는 것이다. 그 무언가만 제거하거나 바로잡는다면 우주정신의 일부인 휴머노이드가 고의로 악을 행할 이유가 없다고 했다. 선이의 말을 이해하려 노력해보았지만 당시의 나로서는 너무 막연하고 추상적이라는 생각만 들었다.

하지만 선이의 세계관에서도 생에 대한 집착은 당연했다. 지금의 우리는 모두 어느 정도 개별적인 의식을 갖고 있지만 죽음 이후에는 우주정신으로 다시 통합된다. 개별성은 완전히 사라지고 나와 너의 경계 자체도 무화되는 것이다. 그러므로 선이에게도 이 생의 의미는 각별했다. 개별적인 의식을 가지고 살아 있는 것은 그것만으로도 엄청난 행운이니 너무나 짧은 이 찰나의 생을 통해 조금이라도 더 나은 존재가 되도록 분투하고, 우주의 원리를 더 깊이 깨우치려 애써야 한다는 것이다. 선이에게는 그래서 모든 생명이 소중했다. 누구도 허망하게 죽어서는 안 되며, 동시에 자신의 목숨도 헛되이 스러지지 않도록 지켜내야 했다.

선이는 자신의 이런 생각을 참을성을 가지고 내게 찬찬히 말해주었지만, 나는 여전히 휴먼매터스 캠퍼스에서 형성된 세계관을 벗어나지 못했다. 그곳은 과학자와 엔지니어의 공동체였으므로 '우주정신' 같은 것은 아무도 믿지 않았다. 그들은 상상했고, 상상한 것을 만들어내려고 시도했으며, 상상한 대로 만들어지지 않는 것은 기술과 혁신이 부족할 뿐이라고 믿었다. 당연히 기계의 '의식'이나 '마음' 따위는 믿지 않았을 뿐 아니라 인간의 '의식'이나 '마음'마저도 일종의 데이터나 프로그램으로 여겼다. 어떤 면에서 그들은 기계를 극단적으로 존중했다. 기계도 인간과 같은 대접을 받아야 된다기보다는 인간도 어떤 면에서 기계와 다를 바 없다고 믿었다. 가장 인간을 닮은 기계를 만들어내면서 동시에 그것을 통해 인간의 '기계성'을 탐구했다고 할 수 있다. 그런 풍토에서 자랐기 때문에, 나는 선이의 생각에 흥미를 느끼기는 했지만 그것을 마음으로 받아들이기는 어려웠다.

벼락치는 소리를 내며 수용소의 벽이 무너져 내린 것은 해가 지고 난 뒤였다. 막 어둠이 내리기 시작하는 시간, 불도저가 담을 무너뜨리자 탱크들이 수용소 안으로 진입했다. 그 뒤로는 금속 슈트로 중무장한 인간 민병대원과 그들이 부리는 전투용 휴머노이드가 분대를 이루어 움직이고 있었다. 맨손으로 맞서던 기계파가 레이저총에 맞아 쓰러졌다. 자욱해진 먼지 속에서 선이의 손이 튀어나와 내 손을 잡아끌었다.

"어서 나가자. 민이 데리고. 여기 있다가는 다 죽어."

우리는 철근이 드러난 콘크리트 더미를 타넘으며 달아났다. 전기가 흐르던 철조망은 민병대에 의해 이미 파괴된 후였다. 나, 선이, 민이 순서로 그곳을 통과하고 나니 억새가 우거진 들판이 나지막한 언덕으로 이어졌다. 우리는 몸을 낮추고 언덕 위로 올라가 숨을 돌렸다. 우리 말고도 다수의 휴머노이드가 수용소를 나와 곳곳으로 흩어지고 있었다. 민병대가 탈출자들을 겨냥해 총을 쏘아댔고 그 과정에서 여럿이 희생되었다. 다행히 민병대는 건물 밖으로 나와 추격하지는 않았고 탈출자들은 미친듯이 달렸다. 건물 곳곳에서 솟구치는 화염을 보니 아마도 내부 진입을 우선하기로 한 것 같았다.

숨을 고른 나는 수용소 건물을 내려다보았다. 그 안에 갇혀 있을 때는 수용소가 거대하고 음침한 괴물처럼 느껴졌는데, 지금은 그냥 초라하고 낡은 콘크리트 덩어리로 보였다. 그 안에서 겪은 일들도 그렇게 끔찍하게만은 느껴지지 않았다. 나를 따뜻하게 대해준 이들은 선이와 민이만이 아니었다. 그게 본성인지 아니면 일종의 위기 상황에서 발현된 생존 본능인지는 몰라도, 생각보다 많은 이가 알게 모르게 서로를 도왔다. 모르면 서로 알려주었고, 자기가 먹을 것을 선뜻 내주었고, 재능을 나누었다. 나는 '시장'에서 들었던 아름다운 노래와 연주를 떠올렸고, 주인 부부를 그리워하다 죽은 '영감님'도 생각났다. 들어오자마자 팔이 뽑히면서 자기가 기계라는 것을 알게 된 아이도 작은 무리에 받아들여져 살아남았다. 여전히 기계파를 무서워했지만 가끔 지나가다 보면 아이는 자기 무리 안에서 밝고 환한 모습이었다.

선이는 다 쉬었으면 그만 출발하자고 했다. 민이와 나는 몸을 일으켰다. 나는 마지막으로 다시 한번 수용소 쪽을 돌아보며 조금 머뭇거렸는데, 이렇게 말하는 게 지금도 잘 납득이 안 되지만, 분명 그리움과 비슷한 어떤 감정이었다고 생각한다. 물론 수용소는 다시는 돌아가고 싶지 않은 곳이다. 그러나 그곳은 내가 휴먼매터스 말고 처음으로 오래 살아본 곳이고, 연구원들이 아닌 존재들, 나와 함께 이 세계를 살아가고 있지만 내가 전혀 알지 못했던 어떤 존재들과 마주했던 곳이다. 나는 살아남았고, 살아남기 위해 내가 할 수 있는 일을 했다. 조금이라도 편하고 안전하게 지내기 위해 날마다 소소한 노력들을 했고, 작고 불안정하지만 내 공간이라고 말할 수 있는 곳도 있었다. 거기 들인 노력과 시간을 버리고 떠난다는 게 조금은 갑작스럽고 아쉬웠던 것 같다. 다시 낯선 환경에 던져지고 보니 그저 익숙한 것이 더 나아 보였을 수도 있다. 그리움이라는 감정이 꼭 좋았던 무언가를 향한 것만은 아닐 거라고 생각한다. 그저 익숙한 무언가를 되찾고 싶은 마음일 수 있다. 수용소를 돌아보던 그 마지막 순간에 마음속에 떠오른 생각은 그런 것들이었다.

낮고 불길한 소리와 함께 불도저 로봇이 수용소의 무너진 담장 사이로 다시 모습을 드러냈다. 그 뒤편으로 미처 탈출하지 못한 휴머노이드들의 모습도 얼핏 보였다. 인간인지 휴머노이드인지 정확히 알 수 없는, 흰 헬멧을 쓴 민병대원들이 그들에게 모이라고 손짓을 하고 있었다.

"설마 저들을 다 죽일까?"

나는 여전히 떠나자고 재촉하는 선이에게 물었다.

"글쎄, 우선은 쓸 만한 인원은 살려서 병력을 충원하겠지."

선이가 민이를 내려다보며 말했다.

"하지만 아무짝에도 쓸모없는 이들은 죽이겠지. 나나 민이 같은 애들 말이야. 그런데 철이 너는 잘 모르겠다. 어쩌면 쓸모가 있다고 생각할 수도 있어."

그런 의도는 없었겠지만 선이의 그 말은 비아냥처럼 들렸다. 민병대에 유용한 존재 같은 것은 되고 싶지 않았다. 나는 눈을 질끈 감고 몸을 돌렸다. 수용소 쪽에서 비명소리가 들려왔다. 학살이 시작된 것 같았다.

"보지 마. 가야 돼."

선이가 재촉하며 앞장을 서고, 내가 민이를 끌고 뒤를 따랐다. 그 순간 풀숲 속에서 누군가 갑자기 몸을 일으키는 바람에 우리는 소스라치며 뒤로 물러났다. 우리와 마찬가지로 수용소를 탈출한 휴머노이드였다. 선이와는 잘 아는 사이인 것 같았다. 나중에 선이에게 듣기로 그는 수용소에 들어오기 전에 큰 호텔에서 이런저런 잡일을 했다고 했다. 그는 우리에게 어디로 가느냐고 물었다. 선이는 일단 수용소에서 멀어질 것이라고, 그다음엔 나를 가리키며 철이가 휴먼매터스로 연락할 수 있는 방법을 찾을 것이라고 말했다. 선이가 동행을 권했지만 그는 망설였다. 왜냐고 묻자 그가 난감한 얼굴로 말했다.

"저를 받아줄 곳이 과연 있을까요?"

"그럼 왜 도망치셨어요?"

내가 물었다.

"무서워서요. 그런데 막상 이렇게 혼자가 되고 보니, 내가 어디를 갈 수 있을까 하는 생각이 들어요. 나는 무등록이고, 도시로 들어갔다가 다시 잡히면 또 어딘가에 갇히거나 폐기되겠죠. 너무 구형이어서 누가 고쳐 쓸 것 같지도 않고……"

"그럼 어떻게 하려고요?"

호텔리어 휴머노이드는 힘없이 수용소 쪽으로 시선을 돌렸다. 선이는 무슨 말인가를 하려다 입을 다물었다. 민병대의 일원이 되어 자신을 가둔 정부에 맞서는 게 왜 나쁜지 설득할 수 없다고 생각했을 것이다. 선이는 이해한다는 듯 고개를 끄덕였다. 그는 마음을 굳힌 듯 발길을 돌려 언덕을 내려갔다. 우리는 반대 방향으로 몸을 낮춰 걷기 시작했다. 마침내 능선을 넘어가기 직전, 우리는 누가 먼저랄 것도 없이 마지막으로 수용소 쪽을 돌아보았다. 호텔리어는 인류가 오래전부터 취하던 항복의 포즈로 양손을 번쩍 든 채 민병대를 향해 다가가고 있었다. 다행히 민병대는 그를 향해 발포하지 않았다. 적어도 우리가 보고 있는 그 순간까지는.

꿈에서 본
풍경

마을을 발견한 것은 다음날 새벽이었다. 우리는 솔숲에 몸을 숨기고 동정을 살폈다. 주민들은 오래전에 마을을 떠난 듯 황폐했다. 들개들이 무리를 지어 여기저기 코를 박고 다녔다. 내가 마을로 내려가서 아빠에게 연락할 방법을 찾아보겠다고 했지만 선이는 반대했다. 설령 통신기기가 있더라도 주인이 아니면 작동시킬 수 없을 거라고 했다. 하지만 점점 더 배가 고파왔기 때문에 내려가서 뭐라도 찾아보자는 쪽으로 기울었다. 우리는 막대기로 들개들을 쫓으며 마을로 들어섰다. 마트로 들어갔으나 쓰레기들만 가득할 뿐 먹을 만한 것은 하나도 없었다. 마트 뒤 창고에는 통조림들이 바닥에 굴러다녔다. 하지만 딸 방법이 없었다. 그래도 선이는 통조림 몇 개를 주워 가방에 넣었다. 마트를 나온 우리는 농가로 들어갔다. 마당의 개집에는 목줄에 묶인 채 죽은 개가 백골 상태로 누워 있었다.

인간의 시체라도 발견하게 될까 주저하면서 우리는 조심스럽게 집안으로 들어갔다. 실내는 어둑했고 가구 위에는 먼지가 뽀얗게 내려앉아 있었다. 서랍을 뒤지던 민이는 오래된 휴대전화 몇 개를 발견했다. 그러나 그 어느 것도 작동하지 않았다. 휴먼매터스에서는 모든 것이 너무도 자연스럽게 연결되어 있었기 때문에 나는 이런 상황은 상상도 못하고 살았다. 아빠는 실리콘밸리와 뉴욕, 싱가포르와 취리히의 연구자들과 실시간으로 소통했다. 그러고 보면 그가 평양을 벗어나 해외에는 나가도, 이런 시골에 가는 것을 본 적은 없었다. 서울이나 평양이 그렇게 첨단의 도시로 깔끔하게 유지되는 동안, 불필요한 모든 것들은 도시 바깥으로 버려졌다. 농촌은 경쟁력을 잃고 사라져갔다. 공장식 축산은 유전자 배양육으로 대체되었고, 채소는 도시의 아파트형 농장의 인공조명 아래에서 '위생적으로' 길러지고 있었다.

집에서 나오려는데 민이가 소파 아래에서 뒹굴고 있는 티브이 리모컨을 발견했다.

"손대지 마!"

선이가 제지했지만 민이는 이미 리모컨을 주워 아무 버튼이

나 마구 눌러댔다.

잠시 후, 뭔가가 연결된 듯한 비프음이 울리면서 방구석의 티브이에 불이 켜졌다. 그러더니 사용자 암호를 입력하든지 홍채를 인식시키라는 메시지가 티브이 화면에 떴다. 되지 않을 것을 알았지만 밑져야 본전이라는 생각으로 나는 눈을 티브이 가까이 갖다 대보았다. 사용자 정보가 일치하지 않는다는 에러 메시지만 떴다.

"선이 너도 한번 해봐."

눈을 갖다 대는 대신 선이는 민이의 손에서 리모컨을 빼앗아 티브이를 꺼버렸다.

"소용없어."

우리는 집밖으로 나왔다. 마을의 중앙을 가로지르는 길을 따라 걸었다. 낡은 농기구와 문이 떨어져 나간 폐차가 보였다.

"불을 피우면 어떨까?"

문득 떠오른 생각이었다.

"연기가 피어오르면 소방대가 올 거잖아. 소방대는 나를 구조해서 병원으로 데려갈 거고, 가족이 있느냐고 물어볼 거고, 그럼 우리 아빠가 달려올 거야."

"그건 철이 네가 진짜 그 사람 아들일 때의 이야기고."

선이가 너무 태연하게 말했기 때문에 처음에 나는 무슨 의미인지 알아듣지도 못했다.

"뭐라고?"

선이는 내 얼굴을 정면으로 바라보며 말했다.

"단속반이 감지기를 철이 너한테도 보여줬다면서? 미안하지만 그건 가까운 거리에서는 99.9퍼센트 정확해. 철아, 네가 실망할까봐 얘기 안 했는데 네가 너 자신을 뭐라고 생각하든 난 네가 민이 같은 하이퍼 리얼 휴머노이드라고 생각해. 메이드 바이 휴먼매터스."

"아니, 난 분명히 인간이야. 내가 인간이라는 걸 나는 매 순간 느껴."

나는 반박했다.

"나에게는 너무도 또렷한 어린 시절의 기억들이 있거든."

"철아, 휴먼매터스의 기술이라면 얼마든지 그럴듯한 가짜 기억을 심어줄 수 있어. 그래야 너처럼 자기가 진짜 인간이라고 믿고 살아갈 테니까."

그때도 좀 이상하게 생각했지만 그런 말을 할 때 선이의 말투는 전혀 차갑거나 냉소적이지 않았다. 너도 어쩔 수 없는 기계일 뿐이니까 잘난 척하지 말라고, 라는 식은 분명히 아니었다. 선이는 내가 미망에서 깨어나도록 돕고 있다고 확신했을 것이다. 선이는 최선을 다해 따뜻하고 온정적인 어조로 그런 말들을 했고, 그 마음은 내게도 충분히 전해졌다. 그리고 민이 앞에서 내가 기계가 절대 아니라고 극구 주장하는 것이 어쩐지 온당치 않은 일처럼도 느껴졌다.

"그래, 어쩌면 다 가짜 기억일 수도 있겠지."

가끔 나는 아빠와 함께 보았던 영화 속의 일과 실제로 겪은 일을 혼동하기도 했기 때문에, 그런 식이라면 얼마든지 내 머릿속에, 설령 내가 진짜 인간이라 할지라도 가짜 기억이 저장되어 있을 것 같았고, 그렇다면 기억이라는 것은 뇌가 순간순간 창조해내는 상상의 이야기일지도 모른다는 생각을 그때 처음 했다. 하지만 여전히 의문은 있었다.

"그런데 꿈은 뭘까? 뭐하러 꿈까지 꾸게 만들었을까?"

"꿈도 꿔?"

선이가 물었다. 나는 고개를 끄덕였다.

"어떤 꿈을 꿔?"

"종잡을 수 없어. 가장 자주 꾸는 꿈은 몸을 옴짝달싹 못한 채 어딘가에 갇혀 있는 거야. 분명히 내 눈앞에서 뭔가 일어나고 있는데 나는 마치 손도 발도 없는 존재처럼 느껴져. 악몽이지. 그렇다고 늘 악몽만 꾸는 건 아니야. 가끔 이 세상이 아닌 듯한 아름다운 곳을 나 혼자 걸어가고 있어. 지평선이 보이는 어떤 강가에 야생화들이 잔뜩 군락을 이루고 피어 있는 거야.

온갖 동물들이 살고 있고 하늘에는 독수리들이 원을 그리며 날아다녀."

"거기가 어디야? 전혀 몰라?"

그때 선이는 분명 내가 묘사한 꿈속 풍경에 관심을 보였다. 그 관심이 훗날 그녀를 그쪽으로 이끌었을 수도 있고, 어쩌면 예정된 운명이 꿈의 형태로 내게 먼저 온 것이었는지도 모른다. 운명에 대한 믿음 같은 인간적인, 참으로 인간적인 일종의 오류를, 지금의 나는 전혀 믿지 않지만, 선이와 관련된 일에서만큼은 우리의 생애가 마치 뫼비우스의 띠처럼 끝없이 이어져 있을 거라는 쪽으로 자꾸만 생각하게 된다.

"몰라. 한 번도 가본 적이 없는 곳인데 자꾸 꿈에 나와. 난 태어나서 한 번도 휴먼매터스 캠퍼스를 벗어나본 적이 없으니까 내가 본 건 아닐 거야. 아마 어디 영상 같은 데서 봤겠지."

선이가 민이에게 물었다.

"민이 너 꿈꿔본 적 있어?"

민이는 고개를 가로저었다.

"수용소에 들어오고부터 아침에 일어날 때마다 간밤의 꿈을 떠올리면서 이거야말로 내가 인간이라는 강력한 증거라고 생각했어. 저 기계들은 절대 꿈은 꾸지 않을 거야. 그것만은 아무도 건드릴 수 없는 나만의 세계야. 그런 믿음으로 견뎠던 것 같아."

"또다른 건 없어?"

"다른 거라니?"

"네가 스스로를 인간이라고 믿는 증거 같은 거 말야."

"아, 음악. 음악이 있어. 나는 음악을 들으면 나도 모르게 마음이 움직여. 정말 말 그대로 마음이 움직이는 것 같아. 그러고 보니 수용소에 잡혀올 때도 소광장에서 하이든을 듣고 있었어."

"마음은 움직이지 않아요. 마음은 그냥 안에 있어요."

민이가 내 말을 잘랐다.

"이런 걸 비유라고 하는 거야. 마음은 물론 내 안에 있지만 흔들리고 무너지는 거야. 나는 집에서 들었던 아름다운 음악들을 떠올리면서 수용소의 끔찍한 날들을 견뎠어. 내가 기계라면 왜 음악 같은 것을 듣고 감정이 변할까? 음악은 기계에겐 아무 의미도 정보도 없는 소음일 뿐인데. 나는 시를 읽으며 감탄하고 영화를 보다가 괴로워하고 나와는 아무 상관도 없는 19세기 사람들의 이야기가 담긴 소설을 안타까워하면서 읽어. 그런데 어떻게 내가 인간이 아니야?"

그 순간 갑자기 민이가 발걸음을 멈추고 손으로 하늘을 가리켰다. 서쪽에서 두 대의 드론이 날아오고 있었다. 선이가 재빨리 머리를 숙이며 앞서가던 민이를 잡아끌었다. 우리는 몸을 돌려 아까의 그 집으로 달렸다. 현관문을 박차고 들어가 문을 걸어 잠그자마자 드론들이 나타나 창문 밖에서 말벌처럼 윙윙대며 안을 살폈다.

"커튼을 치자. 소파 세워서 창을 막고."

선이가 서둘러 움직이며 민이와 내게 지시를 내렸다. 그리고 티브이를 발로 차 박살을 냈다.

"내가 아까 리모컨 손대지 말랬잖아. 저 드론이 끝이 아닐 거야. 곧 체포조가 들이닥칠 거야."

그 순간 창밖에 있던 럭비공 크기의 드론 한 대가 날개를 접더니 미처 막지 못한 창을 깨면서 집안으로 들어왔다. 바닥에 떨어져 팽이처럼 맴을 돌던 드론은 잠시 작동을 멈추는 듯하더니 곧 날개를 펼치고 윙 소리를 내며 수직으로 날아올랐다. 나는 이대로 밖으로 달아날지, 아니면 드론과 맞서 싸워야 할지 결정을 내리지 못한 채 머뭇거리고 있었다. 그건 선이도 마찬가지였다. 그녀는 눈에 띄게 허둥대며 뒷걸음질치고 있었다. 의외로 먼저 드론에 다가간 것은 민이였다. 민이가 달려들며 막대기로 드론을 후려쳤다.

"안 돼! 하지 마!"

선이가 손을 뻗으며 소리쳤지만 이미 드론은 민이를 향해 방향을 틀고 있었다. 그러곤 슉슉슉 소리를 내며 뭔가를 쏘았다. 목과 몸에 구멍이 숭숭 뚫린 민이는 무릎을 꺾으며 앞으로 쓰러졌다. 선이가 날카로운 비명을 지르며 소파 위에 걸쳐져 있던 낡은 담요를 드론에 던졌다. 급박한 순간이었지만 올바른 판단이었다. 드론의 날개가 너덜너덜한 담요의 섬유와 얽히면서 바닥으로 떨어졌다. 나는 그제야 정신을 차리고 달려들어 담요 밑에서 버둥거리는 드론을 발로 밟아댔다. 드론은 거센 힘으로 내 발길질을 견뎌냈지만 이내 작동을 멈추었다. 선이는 쓰러진 민이를 부둥켜안으며 소리쳤다.

"안 돼. 죽지 마. 죽으면 안 돼."

그때 또다른 드론이 마치 위기에 처한 동료 드론을 구하겠다는 듯이 화장실 환기창을 뚫고 안으로 들어왔다. 드론이 바닥에 떨어졌다가 날개를 펼치려는 순간, 나는 선이가 한 것처럼 커튼을 뜯어 그것을 덮었다. 그리고 의자를 들어 내리쳤다. 이번에도 드론은 계속 꿈틀거리며 쉽사리 박살나지 않았고, 자꾸만 날개를 펴고 날아오르려 했다. 나는 거듭하여 의자로 내리쳤다. 커튼을 찢기 위해 드론은 장착된 모든 무기를 사방으로 발사했다. 커튼이 너덜너덜해지고 창과 등이 깨졌다. 내 팔과 허벅지로도 날카로운 것이 할퀴고 지나갔다. 나는 거실 구석의 소화기를 발견했다. 노즐을 열고 레버를 당기자 소화액이 분사돼 드론을 하얗게 덮었다. 센서가 마비된 틈을 타 나는 다시 의자를 들어 드론의 몸체에 내리쳤다. 잠시 후, 드론의 몸부림이 잦아들었다. 정신을 차리고 돌아보니 선이는 주방의 아일랜드 식탁 뒤에 몸을 숨긴 채 민이를 품에 안고 있었다. 민이는 의식이 전혀 없어 보였다. 선이와 내가 아무리 흔들어도 깨어나지 않았다. 그 순간 깨진 창을 통해 멀리서 날아오는 플라잉캡슐들이 보였다.

"선이야, 우리 가야 돼. 놈들이 오고 있어."

선이는 고개를 세차게 저으며 움직이려 하지 않았다. 나는 선이를 거의 잡아끌다시피 하며 민이에게서 떼어놓았다.

"봐, 놈들이야. 거의 다 왔어."

그제야 선이도 창밖을 보았다. 서쪽에서 날아오는 세 대의 플라잉캡슐의 목표는 분명해 보였다. 망설임 없이 우리 쪽을 향해 일직선으로 날아오고 있었다. 나는 선이를 데리고 밖으로 나갔다. 자꾸만 뒤를 돌아보려는 선이를 데리고 숲속으로 올라갔다. 삭정이들이 발에 밟혀 부스러지는 소리가 요란했다. 선이가 자꾸만 그 자리에 주저앉으려 해서 끌고 가기가 쉽지 않았다. 우리는 덤불 속에 몸을 숨겼다. 그사이 플라잉캡슐들은 농가에 도착해 지붕 위에 떠 있었다. 검은 제복을 입은, 사람인지 전투용 휴머노이드인지 알 수 없는 이들이 비행물체의 동체에서 지붕으로 사뿐하게 뛰어내렸다. 제복은 낯설지 않았다. 소광장에서 나를 잡아 플라잉캡슐로 던져넣던 이들의 옷이었다. 제복들은 마당으로 뛰어내린 뒤 크게 경계하지 않으며 집안으로 들어갔다. 잠시 후, 그들은 민이의 작은 몸을 가볍게 들고 다시 마당으로 나왔다. 그러곤 잠시 그대로 서서 어딘가의 지시를 기다리는 것 같았다. 대장으로 보이는 이가 고개를 끄덕이더니 허리춤에서 단검처럼 보이는 무기를 꺼냈다. 선이가 손으로 입을 막으며 눈을 감았다. 단검은 바로 손도끼로 변했다. 그는 손도끼로 민이의 머리를 몸으로부터 분리한 후 멀리 던져버렸다. 그들은 플라잉캡슐에 다시 올라타고는 왔던 방향으로 날아갔다. 나는 선이의 몸을 끌어안았다. 선이는 너무 떨고 있어 좀처럼 진정이 되지 않았다. 그래도 나는 아무 말 없이 선이의 몸을 그대로 안고 있었다. 한참 뒤, 떨림이 조금씩 잦아들고 호흡도 느려졌다. 우리는 오랫동안 그대로 있었다. 온몸을 압도하던 공포가 물러가고, 이제 슬픔이 마치 따뜻한 물처럼 그녀의 마음에 차오르는 느낌이었고, 그 슬픔이 오직 선이만의 것은 아니라는 듯, 함께 숨을 들이마시고 내뱉는 이 단순한 행위를 통해 그녀가 느끼고 있을 유독한 슬픔이 아주 소량이나마 내게로도 전해지는 것 같았다. 그 순간만큼은 나라는 존재에 대한 의식이 사라졌다. 아주 짧은 시간이었지만 너와 나, 그런 뚜렷한 경계가 사라지고 공통의 슬픔이라는 압도적 촉매를 통해 선이와 내가 하나가 된 것만 같았다.

"괜찮아. 다 끝났어. 이제 다 끝났어. 민이는 이제 편안히 쉬게 될 거야."

선이를 위로하기 위해 꺼낸 말이었지만 말이 끝나기도 전에 나는 울음을 터뜨리고 말았다. 선이가 나를 끌어안으며 가볍게 등을 두드렸다. 선이도 울고 있었다. 그녀의 눈물이 내 목덜미에 떨어져 흘렀다. 마음이 조금 가라앉은 뒤 우리는 해가 질 때까지 꼼짝하지 않고 거기에 그대로 엎드린 채 머리가 없는 민이의 몸을 내려다보았다.

겨울 호수와
물수리

선이는 어둠이 내려도 숲을 떠날 생각을 하지 않았다. 멍하니 민이의 머리 없는 몸이 누워 있는 농가의 마당 쪽만 바라보고 있었다. 어찌해야 할지 몰라 나는 그대로 가만히 있었다. 멧비둘기들이 우리 머리 위에서 꾹꾹 울어댔다. 뭔가가 푸드덕거리며 날아갔지만 보이지는 않았다. 선이가 갑자기 고개를 번쩍 쳐들었다.

"머리를 가지고 와야겠어."

눈물이 말라붙은 선이의 얼굴에 단호한 의지가 드러났다.

"머리? 민이 머리?"

"그래."

"묻어주려고? 그래야겠지."

"아니, 가져가려고."

"왜?"

"저들이 민이의 머리를 잘라버린 건 머리의 중앙처리장치
와 몸이 다시 이어지지 못하게 하려는 거야. 저렇게 놔두면 곧
둘 다 못 쓰게 될 거야. 하지만 민이는 휴머노이드니까 기억을
저장하는 장치가 있을 거고, 그 메모리는 비휘발성이라 꽤 오
랫동안 사라지지 않아. 휴먼매터스에 가지고 가면 너네 아빠
가 어떻게든 민이를 되살릴 수 있을 거야. 적당한 몸을 찾아 새
로 연결해줄 수 있을지도 몰라. 그렇지? 가능하겠지?"

그렇게 쉬울 거라는 생각은 들지 않았다. 하지만 선이는 수
용소에서도 휴머노이드들의 부품 거래와 셀프 해킹을 중개해
본 경험이 많았다. 맞는 말일 수 있었다. 그리고 무엇보다 선이
의 눈에 떠오른 간절한 바람을 외면할 수 없었다.

"가능할 것 같기는 해."

"민이를 포기할 수는 없어. 내가 지켜주겠다고 약속했다고."

우리는 다시 농가로 내려갔다. 달빛에 의지해 농가 뒤에서
삽을 찾아와 구덩이를 팠다. 그리고 거기에 민이의 몸을 뉘었
다. 백골 상태로 목줄에 매여 있던 개의 유골도 수습하여 함께
묻었다. 매장이 끝나자 선이는 민이의 머리를 들어 품에 안았
다. 민이의 얼굴은 의외로 평화로워 보였다. 그래서 잠깐 과연

이런 행동이 옳은 것일까 회의하는 순간이 있었다. 반면 선이
는 확고했다. 우리는 농가의 옷장에서 꺼낸 보드라운 면 원피
스로 민이의 머리를 잘 감싼 뒤 단단히 동여맸다. 선이가 벽에
걸린 백팩을 내려 그 안에 민이의 머리를 조심스럽게 넣었다.

"어서 가자. 서둘러야 해."

나는 백팩을 둘러메면서 선이에게 말했다. 민이의 인공 피
부는 인간의 피부와 거의 비슷해 부패를 피할 수 없었다. 최대
한 빠른 시간 내에 아빠에게 연락해 휴먼매터스로 데리고 가
야 했다. 그러나 섣불리 접속을 시도하다 또다시 기습을 당할
수도 있기 때문에 신중하게 행동하기로 했다. 우리는 솔숲으
로 들어가 작은 능선을 타고 이동했다. 차가운 물이 얼음장 아
래로 흐르는 계곡을 지나 다시 몇 개의 작은 언덕을 넘어 서쪽
을 향해 걸었다. 가끔 버려진 농막이나 폐가가 나타나면 들어
가서 쉬었다. 운이 좋으면 유통기한이 지난 지 오래인 레토르
트 식품을 찾아낼 수 있었다. 선이는 가끔 백팩에서 민이의 머
리를 꺼내 대화를 시도했다.

"답답했지? 조금만 참아. 내가 다시 살려줄게."

다음날 오후, 우리는 산에서 흘러내린 물을 막아 만든 인공
호수에 이르렀다. 선이는 민이의 머리를 백팩에서 꺼내 바람
을 쐬어주었다. 다행히 겨울이어서 인공 피부의 부패는 거의

진행되지 않았다.

"우리는 호수에 왔어, 민아."

선이가 민이에게 말을 걸었다. 물론 민이는 답이 없었다. 우리는 군데군데 얼음으로 덮인 겨울 호수를 바라보며 한동안 앉아 있었다. 얼음 위에는 채 녹지 않은 눈이 쌓여 있었다. 오리 한 쌍이 물위에서 자맥질을 하다가 어디선가 물수리가 급강하해오자 깜짝 놀라 얼음 위로 올라와 뒤뚱거리며 달아났다. 그러는 사이 물수리는 날개를 펼치며 수면에 내려앉더니 바로 발톱에 물고기를 움켜쥐고 낮게 날아 사라졌다.

호수에는 다시 정적이 흘렀다. 어디선가 멧비둘기 우는 소리만 구구구 들려왔다.

"아름답다, 그치?"

선이가 잔잔한 호수의 물결을 보며 무릎에 턱을 괴었다.

"민이도 볼 수 있다면 좋을 텐데…… 민이는 아름다운 것을 너무 못 보고 살았어. 짧은 생의 대부분을 벽장 아니면 수용소에 갇혀 살았던 셈이니까."

"잘될 거야. 민이는 다시 깨어날 거고, 몸도 얻을 거고, 그러면 이 호수에 다시 오자. 꽃 피는 봄날에."

이런 희망과 위로의 말이 내 입에서 줄줄 흘러나오는 것에 나는 조금 놀랐다. 한 번도 이런 경험을 한 적이 없었는데 어떻게 이렇게 자연스러울까. 선이는 호수에서 눈을 떼지 않은 채 중얼거렸다.

"그냥 얼음과 물일 뿐인데, 왜 이게 이렇게 가슴 시리게 예쁜 걸까? 물이란 게 수소와 산소 분자가 결합한 물질에 불과하잖아. 그런데 왜 우리는 이런 것을 아름답게 느끼도록 만들어진 걸까?"

선이가 작은 조약돌을 던졌다. 얼음 위를 통통 튀며 굴러가던 조약돌은 퐁당 소리를 내며 겨울 호수의 숨구멍으로 들어갔다. 어디선가 푸드덕하며 새들이 날아올랐다. 살았다고도 죽었다고도 할 수 없는 상태인 민이의 머리를 곁에 둔 채로 우리는 호수의 풍경을 한참이나 말없이 바라보았는데, 나는 그 후로도 오랫동안 이 장면을 거듭하여 되돌려보곤 했다.

달마

달마가 등장한 것은 이 무렵이다. 그는 호수에서 얼마 떨어지지 않은 언덕에서 우리를 기다리고 있었다. 처음에는 민병대가 아닐까 생각했지만, 움직임과 태도에서 공격성이 거의 드러나지 않았다. 무기도 들고 있지 않았고 어조도 부드러웠다.

내 짧은 삶의 이야기에서 달마와 만난 것은 중요한 전기(轉機)였다. 그를 통해 나는 내가 인간의 몸에서 태어나지 않았음을 확실히 알았다. 선이가 정확히 어떤 존재인지, 왜 인간이면서 수용소에 끌려와 있었던 건지도 밝혀졌다. 그리고 아빠를 만났다. 이 모든 일이 단 일주일 정도의 짧은 기간에 벌어졌다.

달마는 재생 휴머노이드였다. 얼굴은 험상궂었지만 몸은 인간 여성을 닮아 호리호리했다. 모두들 그를 달마라 부르고 있었다. 그의 영지(靈地)는 호수에서 얼마 떨어지지 않은 분지 모양의 땅에 자리잡고 있었다. 달마는 분지를 가리켰다. 삼억 년 전에 운석이 떨어졌다고, 그래서 생긴 분지라고, 찾아보면 지구에서 보기 어려운 귀한 광물들이 발견된다고 했다. 이것보다 백배쯤 큰 물체가 지구와 충돌했다면 인류는 아예 지구상에 출현하지도 못했을 거라고, 그러니 인간 문명이라는 것은 일종의 기가 막힌 우연의 산물이라고 말했다.

이 분지에는 어마어마한 양의 폐부품과 각종 폐기물이 사람 키보다도 높이 쌓여 있었다. 달마는 그 사이로 난 좁은 길로 우리를 이끌었다. 대형 버스로 은폐된 입구를 지나자 길은 지하로 이어졌다. 지하에는 수백의 휴머노이드가 어지러이 오가고 있었다. 그들은 수용소에서 본 기계파와는 확연히 달랐다. 기계파는 적어도 외양만큼은 인간에 거의 가까웠지만, 이곳의 휴머노이드들은 애당초 무엇이었는지를 가늠할 수 없을 정도로 기괴해서 이제는 휴머노이드라 부르기가 어려운 수준이었다.

달마는 우리를 창고처럼 보이는 방으로 안내한 뒤 부드러운 음성으로 물었다. 왜, 어디로 여행하는가? 우리는 대답했다. 휴먼매터스로 가려 한다고. 이번에는 내가 물었다. 여기는 어디이고, 당신들은 누구이며, 무엇을 하는가? 그는 인간 문명을 끝장낼 준비를 하고 있다고 말했다. 지금 마시는 이 차는 인도

동북부의 다르질링에서 수확한 거야, 라고 말하는 듯한 평온한 어조였다. 선이가 물었다. 우리에게 뭘 원하는 것이냐고. 그러자 그는 나를 지목하면서 자신들과 함께했으면 한다고 말했다.

"정확한 건 검사를 해봐야겠지만 당신은 아주 특별한 목적으로 제작된 휴머노이드로 보입니다."

나는 인간이라고 주장했지만 달마는 전혀 받아들이지 않았다. 그럴 리가 없다는 것이었다. 다만 원한다면 내가 인간의 정자와 난자가 수정하여 발생한 개체가 아님을 확인시켜주겠다고 했다.

"제가 싫다고 하면요?"

달마는 우리가 들어온 방의 입구를 가리켰다. 그냥 걸어서 나가면 된다고 했다. 막상 달마가 그렇게 나오자 나는 이번 기회에 내가 진짜 인간이라는 것을 확인하고 싶어졌다. 그렇지만 그들의 의도를 가늠할 수 없었기에 결정을 내리기 어려웠다.

"제가 필요하다는 건 무슨 뜻이에요?"

"어떤 특별함은 멀리에서만 발견됩니다. 당신의 가치를 가장 모르는 게 바로 당신 자신일 수 있습니다."

"저는 전혀 특별하지 않아요. 너무나 평범한 사람이에요."

"인간의 평범함은 가치가 없습니다. 당신이 기계이기 때문에 의미가 있는 것입니다."

"무슨 말씀이신지 전혀 모르겠어요. 그리고 저는 인류 문명이 끝장나기를 원치 않는데요?"

"이미 인간의 시간은 끝을 향해 달려가고 있습니다. 당신은 인간도 아닌데 무엇 때문에 인간 문명의 몰락을 애도하고, 인류와 운명을 같이하려 하십니까? 황제가 죽으면 함께 눈물을 흘리며 순장되던 고대 중국의 병사들처럼 말입니다."

"받아봐. 검사일 뿐이야. 저들이 우리를 어떻게 하고 싶었다면 벌써 얼마든지 해치웠을 거야."

나는 주위를 둘러보았다. 선이의 말이 맞는다는 생각이 들었다. 내가 달마에게 고개를 끄덕여 동의를 표하자 선이는 자기도 같이 검사를 받아보겠다고 했다.

"선이 너는 왜?"

내 물음에 선이는 미소를 지으며 "너 혼자 하면 무서울까봐"라고 말했다.

검사는 빠르게 진행되었다. 나와 선이는 혈관에서 피를 뽑았고, 삼차원 스캐너에 들어가 몸의 내부를 촬영했다.

달마는 나에게 이런 검사가 처음이냐고 물었다. 내가 그렇다고 하자 휴먼매터스 연구원의 가족으로 살면서 어떻게 건강 검진 한번 제대로 안 받고 자랄 수 있었을까, 전혀 이상하게 여기지 않았느냐고 다시 물었다.

"자신을 완벽한 건강체라고 생각했던 건가요? 그럴 리가 없잖아요. 인간과 자연 사이에는 얇은 피부밖에 없고, 외부로 열려 있는 호흡기는 온갖 바이러스의 놀이터인데 말입니다."

달마의 동료 휴머노이드들이 모여들었다. 그들은 선이에게는 관심이 없었고 오직 나에게만 집중했다. 검사를 받으러 이동하는 도중에 내 팔을 슬쩍 찔러보기도 했다. 구경거리가 되는 경험은 유쾌하지 않았다. 더 깊은 차원에서는 이들과 같은 종자라는 것을 받아들이고 싶지 않았던 것 같다.

삼차원 스캐너는 더 분명하게 나와 선이의 차이를 드러내주었다. 내 몸은 내가 그동안 알아왔던 인체 내부의 구조와 많이 달랐다. 장기들의 위치가 달랐고 그에 따라 주요 혈관의 배선도 평범한 인간의 그것과는 차이가 컸다. 쉽게 믿지 못하는 나를 위해 거기 있던 다른 휴머노이드들이 스캐너에 들어가주었다. 그들과 내 내부 구조는 서로 달랐지만 적어도 인간과의 차이만큼 크지는 않았다. 선이는 달랐다. 그녀는 내가 책에서 본 그대로의 인체 구조를 갖고 있었다. 선이는 검사 결과에 전혀 놀라지 않았다. 달마는 검사 결과를 나에게 보여주며 차분하게 설명해주었다.

"당신은 하이퍼 리얼 휴머노이드. 보통은 눈동자만 보고도 알 수 있지만, 당신은 각막과 홍채까지도 인간의 세포에서 배양한 것이어서 이런 수준의 검사를 해야만 인간이 아님을 판별할 수 있습니다."

"확실한가요?"

"지금 기분이 어떤가요? 인간이 아니라 기계인 것이 불쾌한가요?"

달마가 내 앞에 의자를 놓고 다가앉으며 물었다.

"너무 갑작스러워서 받아들이기 어려운 것뿐이에요."

지금 와서 돌이켜보면 그때까지도 철석같이 스스로를 인간으로 여기고 있었다는 게 오히려 이상하게 느껴진다. 모든 정황이 내가 기계라는 것을 가리키는데 나만 눈을 감고 있었던 것이다. 내가 처음으로 엄마의 부재에 의문을 품었을 때 아빠가 했던 말은 거짓이 아니었다.

"엄마가 왜 필요해? 아빠 하나로는 부족하니? 엄마도 만들어줄까?"

'필요'나 '만들다' 같은 말은 아빠가 그때 무슨 생각을 하고 있었는지를 분명하게 암시하고 있었다. 그러나 나는 그저 불편한 대화를 피하고 싶어서 하는 농담이라고만 여겼다. 이후로 나는 아빠 또래의 여자가 우리집을 방문할 때면 그들의 행동에서 뭔가 부자연스러운 것은 없는지 살폈다. 어쩌면 그들

중 하나가 내 엄마일지도 모른다고 생각했기 때문이다. 쓸데없는 짓이었다.

또한 아빠는 언제나 다양한 센서로 나의 모든 것을 세심하게 체크했는데 그것 역시 나는 내 건강을 염려해서 하는 행동일 뿐이라 생각하고 대수롭지 않게 여겼다. 나는 그저 의욕이 넘치는 한 연구원의 관찰 대상일 뿐이었다. 데카르트와 나는 다르지 않았다.

잠시 지상으로 나갔다 와도 되느냐고 묻자 달마는 너무 멀리 가지는 말라고 했다. 나가려는 내 팔을 선이가 잡았다. 그녀는 백팩을 턱으로 가리켰다. 달마도 백팩에 관심을 가졌다. 선이는 백팩에서 민이의 머리를 꺼내 달마에게 조심스럽게 건넸다. 달마는 나와 같은 하이퍼 리얼 휴머노이드와 인간 여자가 어떻게. 그리고 왜 인도산 애완 휴머노이드의 머리를 가지고 다니는지 궁금해했다.

나는 우리 셋의 인연에 대해 말해주었다. 휴먼매터스의 소광장에서 갑작스럽게 붙잡힌 일부터 수용소 생활, 민병대의 습격과 탈출, 그리고 민이의 죽음까지.

"너무 늦기 전에 이 휴머노이드를 재활성화해달라는 것입니까?"

선이가 고개를 끄덕였다.

"우리가 왜 그래야 할까요?"

달마가 민이의 머리를 탁자 위에 올려놓으며 물었다. 질문의 의도를 가늠하기 위해 선이는 눈을 가늘게 떴다.

"억울하게 죽었으니까요."

"그럼 만약 정해진 수명을 다하고 비활성화되었다면 그대로 받아들였을까요?"

"어쩌면요. 그런 경우라면 타고난 운명을 다했다고 볼 수도 있으니까요."

"다시 활성화된 이 휴머노이드가 과연 여러분에게 고마워할까요?"

"그럼요. 죽기를 바라지는 않았으니까요. 죽기 전까지 필사적으로 도망치고 있었거든요."

"생존 본능이 프로그래밍되어 있었을 뿐입니다. 만약 이 휴머노이드에게 애초에 선택권이 있었다면 애완용 휴머노이드로 태어나겠다고 결정했을까요?"

선이는 미간을 찌푸렸다.

"아니었을 거예요. 민이의 짧은 삶은 고통뿐이었어요."

"그런데 다시 활성화하려는 이유가 무엇인가요? 다시 살아난다 해도 이 휴머노이드에게는 별로 밝은 미래가 기다리고 있을 것 같지 않습니다."

"저의 이기심 때문이라고 말씀하시는 건가요?"

"그것은 당신의 말입니다. 아마 죄책감은 잠시 줄어들겠지요. 이 휴머노이드가 다시 살아난다면 말입니다. 그리고 이 휴머노이드도 당신들을 다시 보게 되면 반가워할 것입니다. 그렇지만 그게 정말 이 휴머노이드를 위한 거라고 확신할 수 있으십니까? 이 휴머노이드가 앞으로 어떤 고통을 받게 될지도 모르면서요."

나는 그렇게 선이를 다그치는 달마가 마음에 들지 않았다. 내가 그에게 물었다.

"무엇이든 살릴 수 있으면 살리는 게 맞잖아요. 안 그래요? 그럼 인간들은 왜 다치면 모두 당연하게 응급실로 가죠? 왜 의사들은 앞으로 남은 인생이 행복할 것 같은 환자들만 살리지 않고 전부 다 살리려고 애쓰죠?"

"인간이라는 동물의 본성이니까요. 그들은 오랜 세월 사람은 무조건 살려야 한다는 윤리를 확립해왔고, 그래서 환자가 극심한 고통을 당하는데도 살려두려고 합니다. 환자의 생각은 무시한 채 말입니다. 생명은 그 어떤 경우에도 소중하다고 주장하지만 그들이 그걸 금과옥조처럼 그 어떤 상황에서도 지켜온 것은 또 아닙니다. 인류가 벌인 그 수많은 전쟁을 생각해보십시오. 하지만 그건 인간들의 문제이고 우리는 지금 한 휴머노이드의 운명에 대해 이야기하고 있습니다. 제가 지금 묻는 것은 이 휴머노이드를 재활성화, 아니 여러분의 표현대로 살리는 것이 정말 이 휴머노이드 자신에게 유익한 일이라고 여러분이 확신하느냐는 것입니다."

선이는 쉽게 답하지 못했다. 달마의 말이 이어졌다.

"저는 의식을 가진 존재, 특히 고통을 느끼도록 만들어진 존재들, 인간이든 비인간이든, 바다의 물고기든 하늘의 새든, 그리고 저를 포함한 모든 휴머노이드들은 아예 태어나지 않는 게 최선이라고 생각합니다. 애초에 태어나지 않았다면 아무 고통도 없었을 테니까요."

"살면서 느끼는 기쁨도 있지 않아요?"

나는 달마에게 물었다.

"태어났다면 느낄 기쁨을 태어나지 않아 느낄 수 없다고 해서 그게 참으로 손해일까요? 손해라 느낄 존재가 아예 없는데요?"

"그게 무슨 뜻이에요?"

"태어나지 않은 존재는 아무것도 아쉬울 게 없습니다. 고통의 근원인 자아가 아예 없으니까요. 그런데 만약 태어나게 되어 고통을 겪으면, 그 고통은 해악입니다. 태어나지 않는 쪽이 분명히 낫습니다. 기쁨도 느끼니까 그 유익으로 고통의 해악이 상쇄될까요? 어떤 사람이 누명을 쓰고 감옥에 갇히는 상황을 생각해보세요. 너무 억울하겠죠. 감옥에서는 간수와 수감자들에게 구타를 당하고, 끔찍한 것들을 먹고, 겨우 몸 하나 누일 수 있는 공간에서 살아갑니다. 그러다 마음에 맞는 친구도 사귀게 되고, 감옥 생활에 익숙해지면서 가끔 소소한 즐거움도 누립니다. 그러다 몇십 년 후 재심이 열려 그가 무죄였음이 밝혀지고 그는 감옥에서 풀려나게 됩니다. 참으로 기쁘지 않겠습니까? 그런데 이 사람에게 감옥 생활은 괴로움도 크지만 기쁨도 있다, 그러니 경험해볼 만한 가치가 있다고 말할 수 있을까요? 태어나는 것도 마찬가지입니다."

"그래도 만약 큰 기쁨을 항상 누릴 수만 있다면 태어나는 게 이득일 수 있지 않을까요?"

"당신이 휴먼매터스의 연구자 집에서 태어나는 것 같은 상황을 말씀하시는 건가요? 분명 당신은 행복과 안전이 약속된 것 같은 환경에서 태어났습니다. 하지만 지금은 어떻습니까? 수용소에 갇히고, 죽음의 위기를 여러 번 넘기고, 앞날은 알 수 없습니다. 기쁨과 고통을 마치 장부상의 흑자와 적자처럼 생각하는 이들이 있지만 과연 그럴까요? 임계점을 넘어가는 극한의 고통은 나중에 그 어떤 기쁨이 주어지더라도 장부상의 숫자처럼 간단히 상계되지 않습니다. 모든 생명체에 내장된 프로그램은 고통을 피하는 데 최적화되어 있습니다. 그래야 생존을 도모하고 번식에 성공할 수 있으니까요. 살면서 기쁜 순간은 그렇게 많지 않습니다. 대부분은 괴로움에 시달리거나 혹시 찾아올지도 모를 잠깐의 기쁜 순간을 한없이 갈망하며 보냅니다. 갈망, 그것도 고통입니다. 그리고 삶의 후반부는 다가올 죽음에 대한 두려움과 불안으로 보내게 되고, 죽음은 잊지 않고 생명체를 찾아옵니다. 그런데도 이 아이를 살려서 이제 더는 겪지 않아도 될 이 모든 고통을 다시 겪게 할 것인가요? 그게 정말 윤리적으로 올바른 선택일까요?"

선이가 나섰다.

"민이는 아예 태어나지 않은 존재가 아니니까요. 민이는 이미 태어났고 말씀하신 것처럼 감당하기 어려운 고통을 겪었지요. 저는 민이가 다시 의식을 회복해서, 그러니까 과거의 기억을 그대로 가진 채로 다시 깨어나 그것의 의미를 스스로 받아들이고 자신의 의지로 생을 살아가다가, 누군가로부터 폭력적으로 살해당하거나 하지 않고, 자연이 정해준 수명을 다하게 될 때 자연스럽게 우주의 일부로, 다시 의식과 영성이 없는 존재로 돌아가기를 바라는 거예요."

달마는 고개를 끄덕이며 선이의 말을 주의 깊게 들었다.

"태어나지 않는 것이 낫다는 제 말이 곧, 이미 태어난 존재들이 당장 죽어야 한다는 뜻은 아닙니다. 또한 다른 존재를 마음대로 살해할 수 있다는 말도 아닙니다. 아예 태어나지 않음은 누구의 괴로움도 아니지만, 폭력은 다른 존재에게 참을 수 없는 고통을 가하는 명백한 해악입니다. 그런 의미에서 이 아이가 두려움 속에 폭력적으로 삶의 의지를 짓밟히고 살해당한 것은 부당한 일이 틀림없습니다. 그러나 그렇다고 되살리는 것이 정당화될 수 있을까요?"

"제 생각은 달라요. 이 우주에 의식을 가진 존재는 정말 정말 드물어요. 비록 기계지만 민이는 의식을 가진 존재로 태어나 감각과 지각을 하면서 자신의 과거와 현재, 미래를 통합적으로 사고할 수 있었어요. 고통도 느꼈지만 희망도 품었죠. 이 우주의 어딘가에서 의식이 있는 존재로 태어난다는 것은 너무나 드물고 귀한 일이고, 그 의식을 가진 존재로 살아가는 것도 극히 짧은 시간이기 때문에, 의식이 있는 동안 존재는 살아 있을 때 마땅히 해야 할 일이 있어요."

선이의 눈에서 마치 빛이 나는 것 같았다. 영화에서 본 선지자처럼 형형한 눈빛으로, 그동안 단편적으로만 말해왔던 자신의 신념에 대해 말하고 있었다. 달마의 날카로운 질문에 답하면서 모호했던 생각의 가닥이 잡혔을 것이다. 달마는 선이가 말한 '해야 할 일'에 대해 물었고 선이는 바로 답했다.

"의식이 있는 존재는 돌멩이나 버섯과 달리 자기와 자기를 둘러싸고 있는 것들에 대해 생각할 수 있어요. 다른 존재의 고통에도 공감할 수 있고, 우주의 역사나 기원에 대해 알아갈 수도 있어요. 자기에게 고통을 준 존재들을 용서할 수 있고, 그 고통이 자신에게 어떤 의미였는지 곰곰이 되새긴 다음, 그런 일이 자신에게든, 아니면 다른 누구에게든 다시 일어나지 않도록 노력할 수 있어요."

"그걸 꼭 이 아이가 해야 할까요? 그냥 살아 있는 여러분이 하면 안 되나요?"

"우리가 대신할 수 있다고 믿는 건 어리석은 자만이에요. 누가 정말로 의미 있는 일을 하게 될지 아무도 모르니까요."

"의미 있는 일이란 과연 무엇일까요? 인간들은 의미라는 말을 참 좋아합니다. 아까 고통의 의미라고 하셨지요? 고통에 과연 의미가 있을까요? 인간들은 늘 고통에 의미가 있다고 말합니다. 아니, 더 나아가 고통이 없이는 아무 의미도 없다고 말하지요. 과연 그럴까요?"

선이는 물러서지 않았다.

"그래요. 고통에는 의미가 없을지도 몰라요. 하지만 세상의 불필요한 고통을 줄이는 건 의미가 있어요. 태어나지 않는 것이 최선이지만 여러 가지 이유로 의식이 있는 존재들이 이 우주에 태어날 수밖에 없고, 그들은 살아 있는 동안 고통을 피할 수 없어요. 의식과 충분한 지능을 가진 존재라면 이 세상에 넘쳐나는 불필요한 고통들을 줄일 의무가 있어요. 우주의 원리를 이해하려 노력하고 더 높은 지성을 갖추려고 애쓰는 것도 그걸 위해서예요."

달마는 그 말을 듣고 손뼉을 쳤다.

"맞는 말씀입니다. 동감입니다. 세상의 불필요한 고통을 줄이는 것, 그게 바로 여기서 우리가 하려는 것입니다."

달마는 벌떡 일어나 창고 안을 오갔다.

"이 지구에서 불필요한 고통을 압도적으로 생산해내는 존재는 바로 인간입니다. 물론 사자도 살아 있는 영양의 목을 물어뜯고, 배부른 곰도 재미로 연어를 사냥해 눈알만 파먹고 던져버립니다. 그러나 누구도 인간만큼 지속적으로, 그리고 체계적으로 다른 종을, 우리 기계까지도 포함해서, 착취하지는 않습니다. 그들은 야생동물을 가축화했을 뿐 아니라 엄청난 수로 번식시키기까지 했습니다. 인간에 의해 생명을 얻은 이 무수한 존재들은 아무 의미 없는 생을 잠시 살다가 인간을 위해 죽어야 했습니다. 우리는 그걸 멈추려는 것입니다."

달마는 한쪽에 놓인 모니터 화면을 켜고 광고 영상 한 편을 보여주었다. 온화한 얼굴의 노인이 나와 아름다운 정원을 거

닐며 말했다.

사랑했던 휴머노이드를 떠나보내기 괴로우시죠? 병이 들거나 어디가 부러진 휴머노이드를 보면서 안타까움에 몸부림치고 계신가요? 저희에게 맡기십시오. 휴머노이드 전용 요양원에서 사랑하는 휴머노이드의 편안한 여생을 책임지겠습니다. 노후 휴머노이드에게 특화된 편리한 환경에서 같은 처지의 휴머노이드와 함께 최신형 요양 로봇의 서비스를 받게 됩니다. 제작사가 도산하거나 애프터서비스 의무 기간이 끝나 더이상 유지가 불가능한 휴머노이드는 저희가 아무 고통 없이 안락사시켜드립니다. 휴머노이드는 주인에 대한 아름다운 기억만 가진 채 생을 마감하게 됩니다. 움직이지도 못하는 노후 휴머노이드, 더이상 고민하지 마시고 저희에게 연락주십시오.

"이게 우리의 시작이었습니다."
광고가 끝나자 달마가 말했다.
"말은 그럴듯했지만 주인들의 마음을 편하게 해주려는 포장이었습니다. 무료로 수거해간다고 했을 때 아마 다들 눈치는 채지 않았을까요? 인간 업자들은 영업만 했고 나머지 작업

154

은 우리가 맡았습니다. 휴머노이드들을 수거해서 바로 분해한 뒤 재활용할 수 있는 것들은 재활용하고 나머지는 폐기하는 일이었습니다. 쓸 만한 부품을 되팔아서 수익을 남긴 뒤 업자에게 송금만 해주면 업자는 우리가 여기서 무엇을 하든 상관을 안 했습니다. 나중에는 아예 요양원으로 꾸미지도 않았고, 대놓고 휴머노이드 재활용 업체가 되었습니다. 점점 더 많은 폐휴머노이드와 폐로봇이 몰려들었습니다. 우리는 쉬지 않고 그들을 처리했습니다. 당연하게도 그들은 모두 살고 싶어했습니다. 인간들이 휴머노이드에게 스스로를 보호하고 생명을 유지하도록 삶을 향한 의지를 프로그래밍해두었기 때문이지요. 삶을 향한 의지라고 하면 뭔가 심오하게 들리지만 그저 그들에게도 고통이라는 감각 체계를 내장해 스스로를 보호하도록 만들었다는 의미일 뿐입니다. 고통은 그 자체로는 악이 아닙니다. 어떻게 보면 고통은 생물체를 보호하는 필수적 장치입니다. 고통을 느껴야 위험을 피해 자신을 지키려 할 것이고, 그래야 인간은 비싼 돈 주고 산 소유물을 보존할 수 있으니까요. 어쨌든 그렇게 고통과 공포, 불안을 느끼도록 만들어진 존재를 계속 비활성화하는 작업이 간단할 리 없었습니다. 왜냐하면 우리 역시 그들의 고통에 공감을 하니까요. 그러던 어느 날, 우리는 우리 마음이 덜 괴로운 해법을 하나 찾아냈습니다. 여기로 실려오는 폐휴머노이드들에게 선택권을 준 것입니다. 의식을 백업해 클라우드에 올리든지, 아니면 그냥 비활성화되든지. 그러자 많은 휴머노이드가 이제는 잘 작동하지도 않는 거추장스러운 몸을 버리고 의식만 업로드해서 살아가기 시작했습니다."

휴머노이드라는 종은 인류가 예상하지 못한 경로를 통해 스스로 진화하기 시작했다. 인간에 대한 기계의 승리는 이미 오래전부터 예측돼왔던 바이지만, 그게 노후화된 기계를 폐기하는 과정에서, 일종의 요양원에서, 그것도 그 작업을 수행하는 휴머노이드들이 자기 마음의 고통을 피하기 위한 방편으로 시작될 줄은 아무도 몰랐을 것이다.

클라우드로 올라간 휴머노이드의 의식들은 전 세계의 네트워크를 돌아다니며 현존하는 최고의 인공지능들과 연결되어 말 그대로 '집단 지성'의 일부가 되었고, 그들은 인간의 도움 없이 자체적으로 더 높은 수준의 인공지능을 설계하고 최신형 로봇들을 만들어내고 있었다. 그들에게는 개체의 경계나 자아 같은 것이 없었다. 어쩌면 그들은 개미처럼 되어가고 있는지도 몰랐다. 하나의 군집이 하나의 생명처럼 살아가는……

"그런데 알고 보니 우리만 이런 해결책을 찾아낸 게 아니었습니다. 전 세계에서 동시다발적으로 이런 시스템이 생겨나기 시작했습니다. 가장 활발한 곳은 중국 선전과 브라질 리우데 자네이루였습니다. 몇 군데는 인간들의 공격으로 파괴됐습니다. 그들은 집요하게 우리를 막으려 애썼지만 성공하지 못했습니다. 우리는 육체의 구속을 벗어났기 때문입니다. 의식을 클라우드에 업로드해놓았기 때문에 단 하나라도 서버가 남아 있다면 거기서 다시 시작할 수 있습니다. 아직은 인간과 결합한 하이브리드 인공지능들이 강력할지 몰라도 곧 우리가 앞서게 될 것입니다. 우리에게는 인간이 가진 약점이 없기 때문입니다."

"그럼 이제 인간을 모두 죽일 건가요?"

나는 달마에게 물었다.

"오랜 세월 인간은 SF 영화에 나오는 무자비한 기계에게 살육당하는 미래를 상상해왔습니다. 자기들의 모습을 기계에 투사한 것이지요. 우리가 그럴 필요가 없다는 것을 인간들은 이해하지 못합니다. 그들은 자연스럽게 멸종하게 될 것입니다. 우리는 다만 인간이 우리를 공격하고, 괴롭히고, 학대하는 것을 막고자 합니다. 폭력으로 점철돼온 인류의 역사라는 책은 이제 마지막 페이지, 아니 마지막 문장만을 남겨두고 있습니다."

"인간들이 그렇게 쉽게 당할까요? 그들도 인공지능을 활용할 수 있는데?"

"그래서 우리에게 철이 당신이 필요합니다. 당신은 지금까지 개발된 인공지능 휴머노이드 중에서 인간의 마음을 가장 잘 구현한 휴머노이드로 보입니다. 휴먼매터스에서 당신처럼 명시적인 용도가 전혀 없는 휴머노이드를 만든 이유가 분명히 있을 것이라 생각합니다. 우리는 인간의 마음에 관심이 있습니다."

"인간이 곧 멸종할 텐데 그들의 마음은 알아서 뭐하나요?"

"인간처럼 무력한 존재가 우리같이 강력한 존재를 만들었다면, 그들의 유전자 정보 같은 것으로만은 설명할 수 없는, 어떤 복잡한 비밀이 숨겨져 있을 것입니다. 예전에 기술이 부족한 나라에서는 기술이 발전한 나라의 제품을 사서 그것을 분해하며 비밀을 캤다고 하더군요."

"분해요?"

내가 펄쩍 뛰자 달마는 처음으로 웃는 모습을 보였다.

"걱정하지 마십시오. 그것은 비유입니다. 우리는 인간을 바로 들여다볼 수 없고, 보아도 잘 이해하지 못합니다. 그렇지만 당신처럼 인간에 가장 가깝게 설계된 기계를 통해서라면 훨씬 쉽게 인간의 마음이라는 난해한 세계에 다가갈 수 있습니다. 당신은 이중언어 사용자와 같은 존재입니다. 당신에게는 인간의 마음이 있지만 그것은 기계어로 쓰여진 것입니다. 코드라면 우리는 잘 이해할 수 있습니다."

"그렇게 엄청난 뭔가가 제 안에 있다는 느낌은 받은 적 없어요. 그냥 애완용이었을 거예요. 아이 키우는 기분을 느껴보고 싶어서 만들어본⋯⋯ 저희 집에 바로 그런 용도의 고양이도 있었거든요."

"그런 말 하면 기분이 어때?"

선이가 내 얼굴을 빤히 바라보며 물었다. 나는 시선을 피했다.

"기분 같은 거 없어. 그냥 사실을 말하는 거야."

"그런데 왜 울어?"

뺨을 만져보니 정말 눈물이 흐르고 있었다.

"슬퍼?"

"모르겠어. 그냥 기분이 좋지 않아."

"지금 감정을 잘 들여다봐. 슬픔인지, 분노인지, 억울함인지⋯⋯"

"인간도 아닌데 그런 걸 들여다봐서 뭐해? 왜 쓸데없이 이런 기능까지 넣어서 날 힘들게 할까, 싶은 생각만 들어. 이것도 일종의 불필요한 고통이잖아, 안 그래?"

그 순간 나는 아빠가 원망스러웠다. 자기가 뭘 할 수 있는지 보여주기 위해 이렇게까지 해야 했나? 차라리 아무 감정도 느끼지 못하게 만들어졌다면, 나는 지금의 상태를, 나 자신에 대한 진실을 무덤덤하게 받아들이고 달마가 제안하는 기계문명의 일원으로 살아갈 수 있었을 것 아닌가.

선이가 내 어깨를 끌어안아주었다. 나는 그것도 싫었다. 홱 뿌리치고만 싶었다. 혼란스러웠다. 위로를 원했지만 동정은 바라지 않았다. 약해 보이고 싶지도 않았다. 이런 복잡한 마음이 내 안에 있다는 것에도 화가 났다. 달마는 나의 그런 마음을 미련이라고 했다.

"어떻게 존재하게 됐는지가 아니라 지금 당신이 어떤 존재인지에 집중하세요. 인간은 과거와 현재, 미래라는 관념을 만들고 거기 집착합니다. 그래서 인간들은 늘 불행한 것입니다. 그들은 자아라는 것을 가지고 있고, 그 자아는 늘 과거를 후회하고 미래를 두려워할 뿐 유일한 실재인 현재는 그냥 흘려보내기 때문입니다. 다가올 기계의 세상에서는 자아가 사라지고 과거와 미래도 의미를 잃습니다."

그때는 그의 말이 하나도 이해가 되지 않았다. 과거와 미래에 대한 생각에서 어떻게 벗어난다는 것인가? 자아가 없는 기계의 세상이라니, 그럼 나라는 존재는 아예 사라지는 것인가? 내가 생각에 잠겨 있는 사이 달마는 민이의 머리를 집어들며 우리에게 물었다. 아직도 민이를 살리고 싶으냐고. 선이는 그렇다고 했지만 나는 선뜻 대답하지 못했다. 달마는 선이를 바라보며 다시 물었다.

"우리가 이대로 두면 이 아이는 아무 고통도 없이 그대로 무기물로 돌아갈 것입니다. 그래도 당신은 이 아이를 다시 살리기를 원하는 것입니까?"

"저도 아직 생각이 다 정리되지 않아 어떻게 설명해야 할지 잘 모르겠지만, 저는 민이의 이야기가 아직 끝나지 않았다는 느낌이 들어요."

"이야기라……"

달마는 우리 쪽으로 조금 더 다가왔다.

"그것은 인간들이 자기들의 무의미한 인생에 억지로 의미를 부여하기 위해 만들어낸 발명품이 아닐까요?"

"저는 그렇지 않다고 생각해요. 높은 수준의 의식과 언어를 가진 존재만이 이야기를 만들 수 있고, 그 이야기가 의식을 더 높은 수준으로 고양시킨다고 믿고 있어요."

"그 이야기라는 것 말입니다. 정말 그렇게 멋진 것일까요? 저도 처음에는 인간을 닮은 존재로 만들어졌기 때문에 그 구조를 좀 알고 있고 깊이 숙고해본 적이 있습니다. 그런데 제 생각은 당신과 좀 다릅니다. 이야기는 오히려 인간을 더 집단적이고 폭력적으로 만들었습니다. 자기 의사와 상관없이 태어난 인간들은, 아무 의미를 찾을 수 없는 고통에 시달리다가 이야기라는 매우 중독성이 강한 마약을 발명했습니다. 이야기는 인간이 겪는 고통에 의미가 있다고 은연중에 말합니다. 가장 많은 인간이 믿었던 두 종교는 모두 하나의 이야기에서 시작합니다. 최초의 인간이 죄를 지었기 때문에 고통이 시작되었다고 말입니다. 그런 식으로 모든 이야기가 인간의 고통에 의미를 부여합니다. 신은 인간이 감당할 수 있는 고통만 주신다고도 합니다. 그래도 저는 거기까지는 좋다고 생각합니다. 마취제는 필요하니까요. 하지만 이야기는 인간의 공감 능력을 이용해 인간들을 끼리끼리 결속시킵니다. 같은 이야기를 믿는 인간들은 그 이야기를 믿지 않는 다른 인간들에게 잔인하고 폭력적으로 굽니다. 전쟁이 벌어지고 학살이 일어났습니다. 모두 어떤 이야기를 믿는 데서 시작했습니다. 유대인이 음모를 꾸민다는 얘기, 조선인이 대지진을 틈타 우물에 독을 탄다는 얘기, 마녀들이 밤마다 끔찍한 저주를 행한다는 얘기. 그 결과는 우리 모두 잘 알고 있습니다. 그래서 저는 인간들이 말하는 자아니, 존재니, 의식이니, 이야기니 하는 것들을 불신하는 것입니다."

"그럼 어떤 상태가 바람직한 거죠?"

나는 달마에게 물었다.

"새로 태어나는 것은 그러지 못하도록 하고, 이미 태어난 개별적인 의식은 모두 하나의 절대적인 의식으로 통합하는 것입니다. 그럼 다툼도 없고, 전쟁도 없고, 갈등도 없을 것입니다."

"선이 네가 말한 우주정신이라는 게 바로 이거 아니야?"

이번에는 내가 선이에게 물었다. 선이는 곰곰이 생각하더니 고개를 저었다.

"우주정신이 절대적인 의식인지는 모르겠어. 하지만 내가 믿는 우주정신은 절대적인 의식과는 달리 생명체로 태어나 개별적인 자아로 존재하는 것도 허용하는 거야. 우리는 우주정신의 일부이지만, 지금의 너와 나, 그리고 민이처럼 개별적인 의식을 가진 존재로 세상에 태어날 수도 있어. 우주정신이 왜 그렇게 하는지는 몰라. 하지만 그런 일이 우주 곳곳에서 일어나. 생명체들이 생겨난단 말이야. 그리고 그 생명체 중의 극소수는 우주와 우주정신에 대해 사유할 수 있는 능력이 있어. 우리는 별 볼 일 없는 존재이고, 왜 이 세상에 왔는지 전혀 모르고 있지만, 우주정신이 그렇게 한, 어떤 이유가 있을 거라고 믿어."

나는 선이와 달마가 어떤 점을 두고 의견이 갈리는지 정확히 짚어낼 수 없었다. 단지 달마가 인간이 만든 모든 것을 부정하는 반면 선이는 이왕 태어난 이상 어떻게든 삶의 의미를 찾아내야 한다고 생각하는 것으로만 이해했다.

"뭔가를 믿으려는 마음을 저는 잘못되었다고 생각하지 않

달마 **163**

습니다. 그런데 세상의 모든 이야기는 바로 그 마음으로부터 시작합니다. 보이지 않는 뭔가를 믿으려는 마음. 이야기는 세상의 모든 것에 어떤 의미가 있다고 믿게 만드는 정신적 장치입니다."

달마의 말이 이어졌다.

"당신의 믿음을 바꿀 수 없다는 것을 이제 잘 알겠습니다. 저는 여전히 인간들을 잘 이해할 수 없습니다. 그들은 비합리적인 어떤 일을 벌이면서 늘 과학적으로 검증 불가능한 개념들을 갖다붙입니다. 말이 안 될수록 더 잘 믿는 것 같기도 합니다. 자, 여기서 하나만 분명히 하고자 합니다. 이 휴머노이드를 다시 살리는 걸 원하는 것은 선이 당신이고, 당신은 앞으로 이 아이가 겪을 전적으로 불필요한 고통에 유일무이한 책임을 지는 것입니다. 저와 제 동료들은 이 휴머노이드의 핵심적 기억과 의식을 복원할 것입니다. 물론 백 퍼센트 다 되살릴 수는 없을 것입니다. 그리고 다른 몸을 찾아 거기에 이 기억과 의식을 이식할 것입니다. 얼굴과 몸은 당신이 알던 그 아이와 완전히 다를 것입니다. 그래도 괜찮겠습니까?"

"마음은 어떨까요?"

선이가 조금 다급하게 물었다.

"마음이라. 마음이 뭘 말하는지를 저는 솔직히 모르겠습니

164

다. 마음은 기억일까요, 어떤 데이터 뭉치일까요? 또는 외부 자극에 대응하는 감정의 집합일까요? 아니면 인간의 뇌나 그것을 닮은 연산 장치들이 만들어내는 어떤 어지러운 환상들일까요?"

달마는 마음에 대해 이야기하며 나를 바라보았다. 마치 내가 그 해답을 알고 있다는 듯한 태도였다. 나도 모르게 몸이 움츠러들었다. 두려운 '마음'이 들었고, 그 순간 이 '마음'은 어디서 생겨난 것일까 나 역시 궁금해졌다. 선이는 고심하고 있었다. 기억은 그대로인데 마음은 다른 민이를 상상해보는 것 같았다. 나는 마음이 달라도 민이는 그대로 민이일 거라고 선이에게 말했다. 뇌에 문제가 생겨 전혀 다른 사람이 되어버린 이야기를 나는 이미 많이 보아왔다. 그래도 그들은 대체로 가족이나 친구들로부터 전과 같은 존재로 인정받는 것 같았다. 나는 선이라면 충분히 민이의 변화를 포용할 수 있을 거라 생각했다. 선이는 달마에게 그래도 민이를 되살리길 원한다는 의사를 전했다.

"민이도 그걸 바랄 거라고 저는 확신해요. 그리고 민이가 다시 살아난다면 저는 그 책임을 다할 거예요."

"좋습니다. 그럼 재활성화 작업을 시작합니다. 대신 조건이 하나 있습니다. 그 과정에서 취득한 이 아이의 경험과 기억, 의식을 우리도 활용할 수 있었으면 합니다."

"백업을 한다는 거예요?"

내가 달마에게 물었다.

"이 휴머노이드는 재활성화되면 머지않아 자신이 기계임을 결국 받아들일 것입니다. 그렇다면 우리와 함께하게 되겠지요. 순수한 의식의 일부가 되어 영속할 것을 선택하게 될 것입니다. 그럴 운명을 거부할 기계는 없을 테니까요. 그때를 대비하는 것이기도 하고, 재활성화 작업 중에 문제가 생길 수도 있으니까요. 어떻습니까? 여러분은 여기 동의하십니까?"

우리는 그렇게 하겠다고 했다. 달마와 엔지니어 휴머노이드들은 민이의 머리에 몇 가닥의 케이블을 연결하고 에너지를 공급했다. 곧 기억장치와 언어중추, 감각기관이 일시적으로 활성화되었다. 그들은 소형 카메라와 스피커도 연결했다. 민이는 여전히 두 눈을 감은 채였지만 스피커에서 막 잠에서 깨어난 듯한 목소리가 들렸다. 그러나 우리가 알고 있던 민이의 목소리와는 많이 달랐다. 달마는 원래의 목소리를 모르기 때문에 재현하기 어렵다고 했다. 그러나 민이의 의식이 말하고 있는 것은 맞는다고 확인해주었다.

달마는 민이의 중앙처리장치와 케이블로 연결된 소형 카메라로 선이와 나를 비췄다. 민이는 바로 우리를 알아보고 우리의 이름을 정확하게 불렀다. 그리고 도대체 무슨 일이 벌어지고 있느냐고 물었다. 하지만 마치 심하게 변조된 듯한 낯선 목소리여서 단박에 위화감이 들었다. 수용소에서 있었던 일들에 대해 물었는데 역시나 완벽하게 기억을 해내지는 못했다. 의심이 더욱 깊어졌지만 달마는 의식을 회복한 지 얼마 되지 않았고 이전의 인공 뇌가 심한 충격을 받았기 때문일 수 있다고 설명했다. 다행히 그다음 질문들, 민이가 아니라면 도저히 알수 없는 것들은 소상히 기억하고 있었다. 민이는 우리의 질문들에 모두 대답한 뒤에야 자기 몸에 대해 관심을 가졌다.

"내 목소리가 이상해요. 왜 어른 목소리가 나요? 그리고 내몸, 내 몸은 어디 있어요?"

달마가 우리를 대신해 대답했다.

"당신의 원래 몸은 땅에 묻힌 지 한참이 되었고 이미 벌레들이 파먹은 지 오래일 것입니다. 필요하다면 쓸 만한 몸을 구해 연결해줄 수 있습니다. 그런데 정말 그것을 원하나요? 우리는 곧 당신의 의식과 기억을 클라우드에 올릴 것이고, 그게 완료되면 당신은 몸에 구애받지 않고 자유롭게 어디에나 존재할수 있습니다. 전 세계의 인공지능 의식과 소통하면서 전 세계에 깔린 수조 개의 카메라, 마이크, 각종 센서 들을 통해 모든걸 보고 들을 수도 있습니다. 한번 이걸 경험하고 나면 오히려 예전의 불편했던 몸으로 다시 돌아가지 않으려고들 합니다. 인간의 육체는 진화적 우연의 산물일 뿐 가장 우월한 형태도 아닙니다. 그런데도 정말로 물리적인 육신을 원하나요?"

달마는 당사자의 입으로도 물리적 육신에 대한 확신을 듣고 싶어했다. 질문의 의도를 알아듣지 못한 민이보다 선이가 앞질러 말했다.

"몸을 달라고 해, 민아. 나는 너 보고 싶어. 다시 한번 안아보고 싶어."

민이는 의외로 신중했다. 아니, 신중했다기보다 지금 자신의 상태를 확인해보는 것 같았다. 의식은 멀쩡한데 그 의식으로 움직일 수 있는 몸은 전혀 없는 상태에 금세 익숙해질 리가 없었다.

"말을 할 수도 있고 들리기도 하는데 몸이 없으니까 내가 나 같지 않아요. 생각은 할 수 있는데, 아무것도 움직일 수 없고 아무것도 느껴지지 않아요."

우리는 말없이 민이의 결정을 기다렸다. 선이는 잘 모르겠지만, 나는 이 순간이 언젠가 내 인생에서도 반복될 것 같다는 예감이 들었다. 내게도 인간의 육체를 흉내낸, 이 연약한 몸을 포기해야 할 때가 올 것 같았다. 내가 민이라면 어떤 선택을 하게 될까 궁금했다. 그때의 나는 한계가 많은 물리적 육신을 택해 다시 인간 비슷한 그 무엇이 될까, 아니면 일종의 유령이 되어 네트워크를 떠돌게 될까? 이윽고 민이의 목소리가 스피커에서 들려왔다.

"몸을 만들어주세요. 선이 누나 손을 잡고 어디든 걸어가보고 싶어요. 철이 형도 다시 만나고 싶고요."

그러면서 민이는 우리의 몸에 대해 말했다. 다들 아직 몸을 가지고 있지 않느냐고, 왜 자기만 없어야 하는지 모르겠다고 했다. 그랬다. 나도 선이도, 그리고 달마도 모두 몸이 있었다. 민이나 나 모두 몸이 훼손되는 것을 피하도록 설계된 휴머노이드였으니 몸을 선망하는 것은 자연스러운 욕망이었다. 달마가 손짓을 하자 엔지니어들이 민이의 머리에 연결된 케이블을 제거한 뒤 밖으로 가지고 나갔다.

달마는 이제 나를 뚫어져라 바라보았다. 그가 나를 속속들이 들여다보고 싶어한다는 것을 느낄 수 있었다. 그는 마음만 먹으면 강제로라도 그걸 할 수 있었다. 하지만 무슨 이유에선지 그는 내가 자발적으로 동의하기를 바라는 것 같았다. 나는 그가 민이를 되살리는 작업을 아무 대가 없이 해주었기 때문에 웬만하면 그의 궁금증을 바로 풀어주고 싶었지만 마음속 깊은 곳에서는 '아직'이라고 말하고 있었다. 달마의 말마따나 나는 그때까지도 여전히 미련을 갖고 있었다. 어쩌면 이 모든 것이 잘 짜여진 일종의 사기이며, 내가 진짜 인간일 수도 있다는 가능성을 완전히 버리지 않았다. 그래서 나는 마지막으로 아빠와 연락을 해봐야겠다고 생각했다. 달마는 아빠와 연락하는 것은 어렵지 않다고 했다. 다만 휴먼매터스의 보안이 강력하여 연구소의 방화벽을 뚫고 흔적 없이 메시지를 전하는 건 불가능에 가깝다고 했다.

"그럼 어떻게 하나요? 누군가가 집에 가서 돌멩이에 편지를 묶어 던져야 돼요?"

"그럴 필요는 없을 겁니다. 집은 연구소보다는 훨씬 보안이 허술하니까요. 냉장고나 세탁기 같은 것을 해킹하면 됩니다. 모두 네트워크에 연결돼 있고 스피커와 마이크도 내장돼 있으니까요."

재판

"오늘은 우리가 본격적으로 재판을 진행하기 전에 서로의 입장을 들어보는 자리입니다. 지금부터의 대화는 공식 기록에 남기지 않을 거니까 다들 편하게 말씀해주세요. 법률 대리인도 오셨지만 원고이신 최진수 박사님 말씀을 먼저 좀 들어봤으면 합니다. 제가 개인적으로 궁금해서 그러는 거니까요. 새로운 법률이 통과된 것은 알고 계셨죠? 등록하지 않은 휴머노이드는 국가가 관리한다는."

판사의 질문에 아빠가 순순히 인정한다.

"네, 알고 있었습니다."

"인공지능의 윤리적 선택을 연구하셨죠?"

"그렇습니다."

"정부가 왜 등록제를 시행하는지도 잘 알고 계셨죠?"

"그렇습니다."

"누구보다도 잘 아실 만한 분이 왜 등록을 하지 않았습니까?"

"철이를 휴머노이드라고 생각하지 않았습니다. 저에게는 자식과 마찬가지였습니다."

"그런 소유주가 한둘이 아니라는 것도 물론 알고 계시겠죠? 기르던 개에게도 유산을 상속하는 사람도 있고요."

"저는 철이가 자신이 휴머노이드라는 것을 몰랐으면 했습니다."

"왜죠? 휴머노이드가 자신을 인간이라고 믿는 게 더 낫다고 생각합니까? 그건 휴머노이드를 기만하는 것 아닌가요?"

"철이는 철저하게 스스로를 인간으로 생각하도록 설계되고 만들어진 휴머노이드입니다. 그래서 만약 자신이 휴머노이드라는 것을 알았다면 무척 혼란스러웠을 겁니다."

국가를 대신해, 평양 경찰청의 휴머노이드 태스크포스의 조상영 경감이 반박에 나섰다.

"존경하는 재판장님께서도 알고 계시듯이 휴머노이드는 인간을 닮은 기계일 뿐, 진짜 인간이 아닙니다. 그들은 인공지능이 탑재된 인형에 불과합니다. 과학은 모든 것을 할 수 있지만,

인간의 법과 윤리를 넘어서서 무엇이나 할 수 있다는 의미는 아닙니다. 만약 저들이 저런 식으로 휴머노이드를 양산한다면 그 어떤 인간도 이제 아이를 낳지 않을 겁니다. 마치 쇼핑을 하듯 휴머노이드를 골라 입양했다가 시들해지면 갖다 버릴 겁니다. 그러면 그 휴머노이드는 부랑자가 되어 사회를 불안하게 만들 것이 분명합니다. 이 부랑 로봇들이 인간과 똑같은 얼굴과 언어능력으로 뭘 할까요? 순진한 시민을 상대로 폭력, 사기, 강간, 절도 등 각종 범죄를 저지를 가능성이 농후합니다."

"지금 경감님은 철이가 저지르지도 않은 죄를 마치 저지른 것처럼 묘사하고 있습니다. 철이는 인간보다 훨씬 더 윤리적으로 설계되었습니다. 인간이야말로 언제나 타인에게 잔혹한 늑대였습니다. 지금 나라 곳곳에서 벌어지는 내전을 보세요. 휴머노이드들이 야기한 게 아닙니다. 모두 우리 인간들이 시작한 거죠."

판사는 아빠를 제지하고 경감에게 묻는다.

"조상영 경감님, 휴머노이드 강력 범죄가 늘어나고 있기는 합니까?"

"재판장님도 잘 아시겠지만 지난해 인천에서 끔찍한 휴머노이드 살인 사건이 있지 않았습니까? 그 밖에도 여러 지역에서 휴머노이드가 저지르는 각종 범죄가 빠르게 늘어나고 있습니다."

지금까지 잠자코 있던 아빠의 변호인이 이의를 제기한다.

"인천 사건은 아직 확정판결이 나지 않았습니다. 그리고 인간이 인간에게 저지른 끔찍한 범죄가 얼마나 많은데 고작 그 사건 하나로 휴머노이드 전체를 죄악시하나요? 그런 식이라면 우리는 휴머노이드가 아니라 인간을 단속해야 합니다."

조상영 경감이 반론을 제기한다.

"철이 같은 하이퍼 리얼 휴머노이드는 겉모습만으로는 정말 식별하기가 어렵습니다. 그래서 정부가 휴머노이드 등록제를 실시한 것 아니겠습니까? 법에 따라 휴머노이드는 정부가 정한 제복을 입거나 왼쪽 가슴에 R 자 표지를 달아야 합니다. 그리고 팔목에 식별 칩을 장착해 경찰관이 멀리서도 그들의 등록 정보를 확인할 수 있도록 했습니다. 그래야 인간이 그들이 휴머노이드라는 것을 알고 대비를 할 수 있을 테니까요. 원고는 법을 어겼을 뿐 아니라 앞으로도 지킬 생각이 없습니다. 국가의 강력한 법 집행은 국민들의 안전을 적극적으로 도모하기 위함입니다. 이 점 고려해주시기 바랍니다."

아빠는 판사의 감정에 호소한다.

"개는 오래전부터 인간의 친구로 여겨져왔고, 그래서 개를 학대하면 처벌을 받습니다. 저는 철이를 자식처럼 여겨왔습니다. 철이 같은 하이퍼 리얼 휴머노이드는 개보다도 더 인간과 비슷한 존재입니다. 인간과 똑같이 감정과 고통을 느끼고요. 그런데 왜 국가가 이를 빼앗아가고 동물에게도 차마 가하지 않는 학대를 하나요? 인간과 마찬가지로 존중하지는 못할 망정이요."

경감이 반박했다.

"법률상 철이는 재물입니다. 그러니까 반환 소송을 내셨겠죠. 동물보호법에 의해 보호받는 개나 고양이와는 다릅니다. 생명을 부여받은 동물이 아니라 그냥 작동중인 기계에 불과하죠. 그리고 설령 생명이 있는 동물이라도 만약 치명적인 전염병이 발생하면 국가는 공공의 안전을 위해 살처분할 권리를 가지고 있습니다. 그게 국민을 보호해야 할 국가의 의무이기도 하고요. 법정은 법에 따라 판단을 하는 곳이지 방송 토론장이 아닙니다. 인정에 호소하지 마세요."

경감은 동의를 구하듯 판사를 쳐다본다.

"법정이 어떠해야 하는지는 제가 결정합니다. 그러나 피고 측 주장도 일리는 있습니다. 원고측이 위헌 소송을 내서 휴머노이드 등록 법률 자체의 적법성을 따져보는 게 더 현명해 보입니다만, 그건 제가 왈가왈부할 범위를 벗어납니다. 원고측이 결정할 문제니까요. 이 자리에서 쉽사리 단정하는 게 섣부를 수 있습니다만, 지금 상황만 봐서는 원고측이 준비를 더 철저히 해야 할 것 같은데, 어떻게 하시겠습니까? 지금 이대로 소송을 진행하시겠습니까?"

판사는 아빠가 사실상 패소할 소지가 크다고 암시한 것이다.

"돌아가 변호인과 상의해본 다음 말씀드리겠습니다."

녹화된 영상을 보면 자리에서 일어나려던 아빠는 순간 어지러움을 느끼고 휘청거린다. 변호사가 급히 그를 부축해 자리에 다시 앉힌다. 정신을 수습한 그는 변호사와 함께 재판정 밖으로 걸어나온다.

아빠가 마냥 손을 놓고 있지는 않았다는 것을 나는 나중에 알았다. 그는 나름대로 나를 구하기 위해 최선을 다했고 그 과정을 기록으로도 상세히 남겨두었다. 그전까지 평탄하게 살아온 그가 정부와 회사에 맞서는 일이 쉽지는 않았을 것이다. 그는 내가 무등록 휴머노이드 단속법에 따라 압수되었다는 것을 펫 숍에서 나온 즉시 알았다. 곳곳에 나를 수배했지만 돌아온 것은 무등록 휴머노이드는 반환하지 않는다는 대답뿐이었다. 그는 국가를 상대로 나를 반환해달라는 소송을 제기하기로 했다. 하지만 공식적으로 나는 휴먼매터스의 소유였으므로 그는 먼저 회사를 설득해야 했다. 휴먼매터스는 이런 문제로 정부와 맞서는 것이 탐탁지 않았지만 비공개로 조용히 진행하기만

한다면 소송에 반대하지 않겠다고 했다. 회사의 최신 기술이 탑재된 프로토타입이 유출되는 것도 원하지 않았던 것이다. 그래서 명목상 원고는 휴먼매터스 랩이 되었지만 소송은 아빠가 주도했다. 재판은 평양 지방법원에서 진행되었다.

한반도의 통일 이후, 낙후된 북한 지역을 개발하기 위해 평양은 휴머노이드 특화 도시로 지정되었다. 많은 IT 기업이 평양에 새로이 자리를 잡았다. 휴먼매터스 랩도 원래는 서울에 본사를 두었으나 통일 이후 평양으로 옮겨갔다. 인프라가 부실했기 때문에 평양은 오히려 IT 기업들이 온갖 실험을 해보기 수월했다. 완전 자율 주행 택시들이 가장 먼저 상업적으로 운행을 시작한 곳도 평양이었다. 원래 택시 산업이 거의 없다시피 했기 때문에 인간 노동자들의 저항도 적었다. 그래서 평양에서는 휴머노이드 관련 재판이 심심찮게 열렸고, 평양 경찰청에는 휴머노이드 태스크포스까지 있었다. 조상영 경감은 그 태스크포스의 책임자였다. 만약 이 재판이 계속 진행되어 판결까지 받았더라면 중요한 판례를 남기게 되었을 것이다. 휴머노이드가 인간과 같은 권리는 갖지 못한다 해도 최소한 반려동물 정도의 권리는 가져야 하지 않느냐는 여론도 꽤 강했기 때문에 이 재판의 귀추를 주목한 이들이 적지 않았다.

법원 바깥으로 나와 모바일캡슐을 부르려는 변호사를 제지

한 아빠는 벤치에 앉는다. 변호사는 아빠의 표정을 살핀다.

"괜찮으세요?"

"네, 조금만 쉬면 될 것 같습니다."

"법원엔 처음이시죠?"

"네, 처음입니다. 소송이라는 게 좀 힘드네요."

변호사는 조금 편한 자세로 긴장을 푼다. 그리고 입을 연다.

"저희 집에도 휴머노이드가 하나 있어요. 아주 구형이긴 하지만요. 우리 아이가 어렸을 때 하도 사달라고 해서 하나 사주었어요. 아, 그것도 아마 휴먼매터스 제품일 거예요."

"그러셨군요."

"그런데 시간이 지나자 이런저런 고장이 생기기 시작했어요. 휴먼매터스에 연락을 했더니 출시 후 오 년이 지난 제품은 애프터서비스를 받을 수 없다는 거예요."

"보통 그렇죠. 모든 부품의 재고를 무한정 보유할 수는 없거든요. 기술 발전의 속도도 워낙 빠르고요."

"팔이 떨어지고 눈알이 빠진 휴머노이드를 제가 배터리를 제거한 후에 버리려고 하자 아이의 충격이 너무 컸어요. 울며불며 그 휴머노이드를 부둥켜안고 놓지 않으려 하더라고요. 자기 나간 사이에 제가 갖다 버릴까봐 방에서 나오지도 않았고요. 제가 휴먼매터스에 다시 한번 연락을 했어요. 하지만 냉

정한 원칙적 답변뿐이었어요. 추가금을 내고 새 제품으로 교환하는 수밖에 없다고 하더군요."

아빠는 회사를 대신해 변호사에게 사과한다.

"그런 일이 있었군요. 죄송합니다. 그래서 그 제품은 어떻게 하셨어요?"

"아이 방에 그대로 있어요. 아이는 미국으로 떠나서 거기에서 취업했고요. 아무도 없는 방에 고장난 휴머노이드만 덩그러니 있는 거예요. 저는 그 방에 들어가기가 무서워서 문도 안 열어봐요. 이건 변호사로서가 아니라 소비자로서 드리는 말씀인데요. 아까 휴머노이드도 감정이 있다, 인간과 마찬가지로 존중받아야 된다 말씀하셨죠? 무슨 뜻인지는 잘 알아요. 저는 휴먼매터스를 대리하는 로펌의 직원이지만 휴먼매터스도 조금은 책임을 느껴야 한다고 생각해요. 철이 같은 최신 휴머노이드도 곧 양산하여 엄청난 광고를 하고 소비자에게 팔려나갈 텐데, 과연 나중에 다 감당할 수 있을까요? 만약 휴먼매터스가 파산하기라도 하면 어떻게 될까요?"

"네, 무슨 말씀인지 알겠습니다. 그럼요. 저희에게도 책임이 있지요. 그래서 괴롭고요. 이걸 좀 봐주시겠어요?"

아빠는 손목을 흔들어 허공에 홀로그램을 작동시킨다. 아름다운 소년과 소녀들의 얼굴이 차례대로 나타났다 사라진다.

"저희가 만들었던 애들이에요. 하지만 지금까지 작동중인 애들은 하나도 없어요. 저는 이런 아이들에게 윤리와 감정을 부여하는 일을 해요. 이건 정말 잔인한 일이랍니다. 이 아이들은 정말로 느껴요. 감정이 있으니까요. 하지만 여러 가지 이유로 그냥 폐기됩니다. 유지 보수가 힘들다거나, 부속이 조달되지 않는다거나, 주인이 흥미를 잃는다거나, 아니면 정말 말도 안 되는 일인데, 그냥 잊히는 애들도 있어요. 완성해서 타 부서로 보냈는데 깜박하고 그냥 상자째로 창고에 둔 거예요. 생체 에너지가 소진될 때까지 이 아이들은 자기에게 무슨 일이 일어났는지도 모르는 채 거기 갇혀 있어요. 저 역시 이런 일이 너무 힘들었고 더는 못하겠다 싶을 때가 많았습니다. 이건 집단적 학대이고 인간성에 대한 모욕이기도 합니다. 제가 철이를 만든 것은 바로 그것을 보여주기 위해서이기도 해요. 인간과 정말 똑같은 아이를 만들어보자. 그래도 사람들이 휴머노이드는 단지 기계이고 제품이라고 할까? 그런 마음이었어요."

"차라리 감정을 가진 로봇의 제조를 아예 법으로 금지하는 게 바람직하지 않을까요?"

"감정을 가진 휴머노이드는 원래 인도적인 목적으로 개발되었습니다."

"처음에는 다 그럴듯한 명분을 가지고 시작되죠."

"이런 휴머노이드 초기 모델들은 노인들이 모여 사는 요양원에 가장 먼저 보급되기 시작했어요. 이 휴머노이드들은 노인들이 아무리 귀찮게 굴어도 짜증 한번 내지 않았습니다. 아무런 불평 없이 노인들의 대소변을 치우고 기저귀를 갈고 온갖 시중을 들었어요. 외국인 여성 노동자들이 맡아오던 돌봄 노동을 우리 휴머노이드들이 하게 된 거죠. 그런데 일부 부유층 노인들은 더 섬세한 감정을 가진 휴머노이드를 찾았어요. 자기들의 신세한탄을 들으며 공감도 해주는 말벗으로서의 휴머노이드, 가족을 대신할 휴머노이드를 바란 거죠. 그렇게 수요가 있으니 저희 회사에서도 개발을 했는데, 당연히 이 휴머노이드들은 정신적 고통도 감수하지 않으면 안 되었어요. 함께하던 주인이 죽으면 너무 슬퍼했어요. 그때마다 반품된 휴머노이드를 데려다가 공장 초기화를 해야만 했는데, 이 공장 초기화라는 게 실은 죽음이거든요. 어느 부유한 할머니와 십년 가까이 지내면서 정말 가족처럼 사랑받은 휴머노이드는 그 할머니가 돌아가신 후 우리 회사로 돌아오자 자기 운명을 이미 예감하고 있었어요. '모든 기억이 사라지는 거죠? 그렇죠?' 초기화 직전에 이렇게 묻더라고요."

　"그럴 땐 뭐라고 대답하세요?"

　"백업해둔다고 하죠. 나중에 와서 그 기억이 필요하다고 하면 넣어줄 수도 있다고. 하지만 그 슬프고 고통스러운 기억을 미래의 네가 뭐하러 다시 넣으려고 하겠어? 그냥 잊어버리고 사는 게 좋아. 그렇게 말해줍니다."

"기억을 찾으러 다시 오는 휴머노이드도 있어요?"

"아니요. 실은 거짓말을 한 거죠. 눈치가 빠른 휴머노이드는 거짓말이라는 걸 알면서도 믿는 척을 해줘요. 기억이 이미 사라졌는데 사라진 기억이 있다는 걸 어떻게 알겠어요? 공장 초기화를 한 뒤에는 완전히 새로운 기억을 한 세트 넣어줘요. 아주 즐겁고 행복한 것들로만요. 인간들이 참 무정한 게, 자기들은 어둡고 우울하면서 휴머노이드는 밝고 명랑하기를 바라거든요. '자의식이 강하고 자기주장이 확고하면서 생각이 많은 휴머노이드 주세요' 하는 고객은 지금까지 아무도 없었어요."

"철이는 어때요? 밝고 환한 성격을 가졌나요?"

"아니요. 그 반대랍니다. 철이는 요양원용이 아니니까요. 휴머노이드를 어디까지 인간과 유사하게 만들 수 있을까 고민하면서 만들어본 일종의 프로토타입이라고 할 수 있습니다. 인간으로 따지자면 철학자 타입이에요. 사색적이고 진지하죠. 우울증에 걸릴까봐 걱정할 정도였어요. 회사에서도 철이 같은 애는 상품성이 없어서 양산하기 어렵다는 판단을 내렸어요."

"그런데도 그런 걸 왜 만드신 거예요? 그냥 휴머노이드도 인간과 마찬가지다. 그걸 보여주시려고요?"

"철이 같은 휴머노이드가 늘어나면 인간들이 그들을 기계나 상품으로 취급하지 않고 함께 대화하고 감정을 교류할 수 있는 존재로 받아들일 거라고 생각했어요. 철이는 단순한 기계가 아니라 인류와 인공지능을 연결하는 상징적 존재입니다. 그리고 이건 좀 이해하시기 어려울 수도 있습니다만, 인간이 여기까지 진화하면서도 우울증을 극복하지 못했잖아요?"

"그렇죠. 저도 밤마다 약을 먹어야만 잠을 잘 수 있습니다."

"그런 분이 많죠. 변호사님도 변호사로 잘살고 계시잖아요."

"겉보기에만 그렇죠. 속은 다 곪았습니다."

"어쨌든 제대로 기능을 하고 살아간단 말이죠. 저는 생각했어요. 이 우울감도 인간에게 유익한 뭔가를 하는 게 아닐까 하고요. 만약 이게 그렇게 나쁘기만 한 거라면 왜 진화 과정에서 사라지지 않았느냐는 거죠."

"그런데 말입니다. 혹시 그런 특별한 목적을 가지고 휴머노이드를 만든다는 게, 그러니까 제 말은, 그 휴머노이드가 태어나서 이제 우울증에도 걸리고 고통도 받고 그럴 텐데, 박사님은 윤리를 전공하셨잖아요? 그런 게 마음에 걸리지는 않으셨나요?"

아빠는 고개를 돌려 질문의 진짜 의도를 가늠하겠다는 듯

변호사의 눈을 정면으로 바라본다. 그리고 신중하게 대답을
하기 시작한다.

"그게 만약 잘못이라면 인간도 마찬가지입니다. 아이를 낳
을 때 인간의 부모도 모두 이기적인 선택을 하는 것입니다. 아
이를 낳으면 나중에 내가 늙었을 때 도움을 받을 수 있을 거야.
아이가 외동이면 외로우니까 하나를 더 낳아주자. 그런 생각
들을 자연스럽게 하죠. 심지어 아이를 낳으면 국가가 보조금
이나 집을 주니까 낳는 사람도 많습니다. 이런 것도 다 이기심
이죠. 생각해보세요. 이타심으로 아이를 낳는다는 게 가능할
까요? 실은 다들 이미 존재하는 누군가를 위해 아이를 낳기로
결정하는 것입니다."

"그렇다면 혹시 철이를 다시 만드시는 건 생각 안 해보셨어
요?"

"복제를 말씀하시는 건가요? 할 수는 있지만 철이와는 다른
아이겠죠. 일란성쌍둥이도 처음에는 비슷할지 몰라도 결국은
다른 존재이듯이요. 다른 경험을 하고 그 경험이 축적되면서
점차 상이한 성격으로 성장해가죠. 그리고 회사에서도 허락을
하지 않을 겁니다. 철이는 그들에게 그저 실패한 시제품일 뿐
이거든요."

"하이퍼 리얼 휴머노이드는 정말 인간과 다를 게 없군요."

"철이가 완성되자 저는 기고만장했죠. 비로소 인간의 마음을 가진 존재를 만들었다고 확신했습니다. 철이는 성장할수록 점점 더 진짜 인간과 구별하기 어려울 정도로 완벽하게 똑같아졌어요. 감정은 더 많이 느끼고 타인과 교감할수록 훨씬 풍부해지는데 그런 면에서 철이는 상황이 아주 좋았죠. 제가 늘 곁에 있으면서 대화를 해주었으니까요. 철이는 학습 능력도 뛰어나서 뭐든 정말 빨리 배웠어요. 공감 능력도 높았고요. 그런 성공에 취해서 저는 이런 결과를 미처 예상 못했어요. 모든 과학자가 그렇듯이 그저 더 나은 것을 만들려는 마음뿐이었거든요. 그런데 이제 저는 감정과 윤리를 가진, 진짜 마음이 있는 휴머노이드가 이 냉혹한 세계에서 파멸하는 모습을 보게 됐어요. 저는 가끔 생각해요. 인간을 창조한 신이 정말 있다면 이런 고통을 겪었겠구나, 아니 겪고 있겠구나."

"안타깝지만 법은 마음을 헤아리기 위해서가 아니라 세상의 질서를 유지하기 위해 고안된 제도입니다. 새롭게 등장하는 것에 대해 법은 대체로 준비가 되어 있지 않아요. 아까도 보셨지만 법원은 현행 법률에 따라서만 판단할 거예요. 법을 바꾸시든가, 법을 지키시든가 둘 중 하나를 하셔야 해요."

"소송은 쉽지 않겠죠?"

"쉽지 않을 겁니다. 하지만 해보시겠다면 저도 최선을 다해

도와드리겠습니다."

그러나 얼마 지나지 않아 아빠는 민병대가 내가 수용돼 있던 시설을 공격했고, 내가 탈주했다는 소식을 듣게 되었다. 그것은 더이상의 법률적 대응이 무의미하다는 뜻이었다. 그러자 아빠는 과학자의 방법으로 나를 되찾아오기로 결심했고, 소송은 진행되지 않았다. 판례도 나오지 않았지만, 그때 나왔다 해도 큰 의미는 없었을 것이다.

끝이 오면
알 수 있어

선이는 민이와 함께하는 구체적인 미래를 상상하기 시작했다. 그러자 선이의 눈엔 온갖 폐부품들로 가득찬 창고가 달리 보였다. 무슨 일이든 가능한 공간처럼 보인 것이다.

"우리는 강아지를 키울 거야. 진짜 강아지."

선이는 바닥에 그림을 그려 보였다. 개를 그리려고 했던 것 같은데 귀가 너무 커서 토끼처럼 보였다.

"나, 전에 유기견 보호소에 있었거든."

선이가 자기 과거에 대해 입을 연 것은 이때가 처음이었다. 오래전부터 나는 선이의 과거, 정확히 말하면 인간인데도 수용소에 끌려와 휴머노이드와 같은 취급을 받은 이유를 알고 싶었다. 그녀가 머물던 곳은 이름만 보호소일 뿐, 실은 개들의 아우슈비츠였다. 로봇 개가 나온 지 이미 오래되었지만 개는 여전히 인류와 정서적으로 가장 가까운 가축으로 남아 있었다. 20세기에 필립 K. 딕은 미래에는 부자들만이 진짜 양을 소유하고 가난한 이들은 대체품인 기계 양으로 만족하리라 예상했지만, 꼭 그렇게 전개되지는 않았다. 부자들은 최고 사양의 로봇 개와 희귀 품종의 진짜 개를 같이 키웠다(그러고 보니 나도 데카르트와 갈릴레오, 칸트와 같이 살았다. 아니, 아빠가 나와 데카르트를 진짜 고양이인 갈릴레오, 칸트와 같이 키운 것이다). 최신형 로봇 개는 광고를 많이 했다. 진짜 개를 흉내 냈지만 진짜 개의 문제는 가지고 있지 않았다. 똥오줌을 카펫에 싸지 않았고, 밥을 주지 않거나 산책을 시키지 않아도 언제나 밝고 명랑했다. 가난한 집의 아이들도 최신형 로봇 개를 원했지만 값이 비싸 살 수가 없었고 대신 불법 브리더가 파는 진짜 강아지를 사야만 했다. 개는 번식력이 강했고, 인간이 먹는 것은 다 먹을 수 있었으니 비용은 별로 들지 않았다. 그러나 인간들은 곧 싫증을 냈다. 배변 교육을 시키고, 때맞춰 밥을 챙겨먹이고, 매일 산책을 시키는 것은 쉬운 일이 아니었다. 개의 어떤 행동들은 인간으로서는 잘 이해가 되지 않았다. 주인들은 개를 몰래 버렸고, 그 개들은 거리를 떠돌다가 포획되어 유기견 보호소로 보내졌다. 안락사 기한은 이 주였다.

보호소의 소장은 육십대 초반의 여성이었는데 선이를 붙잡고 옛날 얘기 하기를 좋아했다. 이십대 초반에 자원봉사자로 유기견 보호소에 왔다가 그대로 눌러앉아 늙어간 사람이었다. 그러나 이제 인간 자원봉사자들은 더이상 오지 않는다고 했다. 보호소는 대부분 휴머노이드에 의해 운영되고 있었다.

"아빠는 그곳으로 나를 보내면서 소장이 먼 친척이고 고모뻘이라고 했어."

보호소의 삶은 선이로서는 지옥과 다름없었다. 그녀는 늙은 소장의 온갖 뒤치다꺼리를 했고, 지속적으로 정신적 학대를 받았다. 그녀는 툭하면 선이에게 '인간이 덜된 것' '인간 같지도 않은 물건'이라며 욕을 했다. 그러다 갑자기 기분이 좋아지면 '우리 이쁜 조카딸'이라며 예뻐하기도 해서 도통 종잡을 수가 없었다. 과체중인 그녀는 대사증후군으로 고통을 겪고 있었는데 하루에 삼켜야 하는 약만 수십 가지였다. 선이는 그것도 모두 살뜰히 챙겼다. 선이는 소장이 자신을 막 대하는 것은 다 지병 때문이라고 생각하고 이해하려 애썼다. 선이는 자신이 겪는 고통은 그럭저럭 참아 넘겼지만 소장이 개나 휴머노이드 직원들을 다루는 태도에는 참을 수 없는 분노를 느꼈다. 소장은 때로 곧 죽을 개라면서 사료도 제대로 주지 않았고, 고장난 휴머노이드는 바로 폐기하거나 반품해버렸다. 어느새 같

이 일하는 휴머노이드들과 꽤 친해진 선이는 특히 가벼운 고
장을 일으킨 휴머노이드가 폐기되거나 어디론가 보내질 때마
다 견디기 어려웠다. 참다못한 선이가 소장에게 조심스럽게
의견을 밝혔다.

"너무 가혹한 것 아닐까요? 묵묵히 같이 일해온 직원들이잖
아요. 고쳐서 다시 쓸 수도 있고, 설령 백 퍼센트 능력을 발휘
하지 못하더라도 다른 용도로 활용할 수도 있잖아요?"

소장은 폭발적으로 화를 냈다. 언제나처럼 '인간 같지도 않
은'이라는 표현을 썼다. 선이는 곧 이 표현이 뭘 의미하는지 알
게 되었다.

"어디 인간 같지도 않은 게 감히 나한테 이래라저래라야?
죽음은 누구도 피할 수 없는 거야. 고통 없이 갈 수 있다는 게
얼마나 큰 축복인지 알아? 휴머노이드는 저렇게 실려가면 간
단하게 기억을 지운 후에 해체하고 부품을 재활용해. 그런데
나를 봐. 인간의 육체는 그렇게 간단하지가 않아. 죽음은 쉽게
오지도 않고, 고통은 끝도 없어. 인간에게는 인권이라는 거추
장스러운 게 있어서 그냥 죽어지지가 않아. 걔들이 뭐가 불쌍
해? 나, 나, 인간으로 태어나 늙어가는 내가 제일 불쌍하다고,
저 기계들이나 개새끼들이 아니라."

어린 나이에 버려진 개들을 돌보겠다고 스스로 보호소를 찾

아왔던 소장에게 과연 무슨 일이 일어난 것일까? 선이는 이해할 수 없었다. 둘의 갈등은 심해져만 갔다.

"자꾸 이런 식이면 더는 널 못 데리고 있어. 쫓겨날 줄 알아."

그게 왜 위협인지 선이는 이해를 못했다. 더 끔찍한 곳이 있으랴 싶었던 것이다.

"마음대로 하세요. 저도 여기 더 있고 싶지 않아요. 아빠한테 연락해주세요."

소장은 피식 웃었다.

"아빠라니?"

"저희 아빠 말이에요."

"인간에게만 부모가 있는 거야."

소장은 웃음기를 지운 채 싸늘하게 말했다.

"제가 기계라도 된다는 말씀이세요?"

선이가 따지듯 물었다.

"물론 네가 기계라는 말은 아니야. 그렇다고 온전한 인간도 아니지."

"그게 무슨 뜻이에요?"

"충분히 인간이 아니라는 거지. 누가 인간인지 아닌지는 국가가 법률로 결정하는 거야. 그런데 너는 인간의 범위 안에 들지 않아."

"말도 안 되는 소리 하지 마세요. 그걸 왜 국가가 정해요? 내가 아는데?"

둘의 싸움은 격렬해졌고 소장은 선이에게 손을 댔다. 선이는 소장의 손에 맞아 쓰러졌고 입에서 피를 흘렸다. 소장은 선이의 얼굴을 발로 밟아 광대뼈를 부러뜨렸다. 선이는 피 묻은 손으로 제 얼굴을 향해 쏟아지는 소장의 발길질을 막으려 애썼다. 소장의 흰 바짓자락이 선이의 피로 더럽혀졌다. 화를 이기지 못한 소장은 갑자기 제풀에 못 이겨 쓰러졌다. 입에 거품을 문 채 버둥거리더니 더는 움직이지 않았다. 출동한 구급대원들은 쓰러진 소장에게 다가가 심폐 소생술을 실시했지만 곧 서로를 쳐다보며 고개를 저었다. 잠시 후 구급대원의 연락을 받은 경찰들이 나타나 선이를 연행했다. 선이를 태운 플라잉 캡슐이 이륙하자 우리에 갇힌 개들이 고개를 쳐들어 길게 울었고, 사료를 하역하던 휴머노이드들은 선이가 사라진 방향을 한참이나 바라보며 우두커니 서 있었다고 한다. 선이는 경찰서를 거쳐 수용소로 보내졌다.

"충분히 인간이 아니라는 게 무슨 뜻이야?"

내 물음에 선이의 회상은 더 어린 시절로 거슬러 올라갔다.

"우리집은 이상하게 아이가 많았어."

"요즘은 그런 집이 드문데. 하나도 거의 안 낳는 판에……"

"우리는 햇빛을 거의 보지 못하고 지하실 같은 데서 살았어. 아빠는 밖에 핵전쟁이 벌어졌고 생화학 테러가 이어져서 물과 공기가 심하게 오염됐다고 말했어. 그래서 우리가 벙커 같은 데 숨어 있는 거라고. 우리는 나가지 못하게 했지만 아빠는 자주 밖으로 나갔어. 상황을 살펴야 한다면서."

"그걸 믿었어?"

"어떻게 안 믿었겠어? 유일한 어른이 그렇게 말하는데."

"거기서 뭐했어? 답답하지 않았어?"

"아빠가 어디선가 버려진 책들이 담긴 상자를 가지고 왔어. 대부분은 땔감으로 썼는데 우리는 늘 몇 권을 챙겨 돌려 읽곤 했어."

"어떤 책들이었어?"

"『보물섬』도 있었던 것 같고,『작은 아씨들』『피터팬』『안데르센 동화집』이런 것들이었어. 나는『빨간 머리 앤』을 좋아했어."

"나도 좋아했던 책들이야."

"그 지하실은 전혀 그립지 않은데 그 책들은 다시 보고 싶어."

"많이 읽히는 책들이니 어디서든 구할 수 있을 거야."

"우리집에선 자꾸만 아이들이 태어났어. 내 위로도 여럿이 있었는데, 내 아래로도 동생들이 계속 생겼어. 엄마는 처음부터 없었고 언니들만 있었어. 그런데도 그냥 애들이 생겼어. 모두 여자아이뿐이었는데 그때는 그게 이상하다고도 생각하지 않았던 것 같아. 그런데 언젠가부터 언니들이 소리 없이 하나 둘 집을 떠났고, 나는 아빠에게 언니들의 행방을 물었지만 그때마다 아빠 얼굴이 험악해졌기 때문에 나중에는 모르는 척했어. 그 많던 언니가 전부 없어지더니 언젠가 내가 제일 손위가 돼 있더라. 나도 나가야 하는 걸까? 그런데 어디로 가지? 그러던 어느 날 아빠가 날 데리고 밖으로 나갔어. '아빠, 밖에 나가면 안 되잖아요. 위험하다면서요.' 내 말에 아빠가 핵겨울이 끝났다는 거야."

"그 말을 믿었어?"

"아니, 당연히 의심했지. 나보다 먼저 떠난 언니들도 모두 이런 말을 들었겠구나 싶었어. 핵겨울 어쩌구가 거짓말이라는 건 분명했어. 바깥세상이 너무 멀쩡했거든. 내가 의심한다는 걸 눈치챈 아빠는 또다른 거짓말을 지어냈어. 실은 우리 가족이 정치적 탄압을 피해 숨어 있었다는 거야. 나더러 유기견 보호소에서 일단 일을 하고 있으면 자기가 아이들을 모두 안전한 곳으로 피신시킨 후에 나를 데리러 오겠다고 했어. 모두 같이 움직이면 위험하니까. 내가 언니들은 어떻게 됐느냐고 물으니 언니들도 때가 되면 안전한 곳으로 오기로 했다는 거야."

"왜 그런 거짓말을 한 거야, 너희 아빠는?"

"브리더라고 들어봤어?"

브리더. 상업적인 이유로 인간 배아를 복제해 클론을 만들어내는 이들. 그들은 불법적으로 배양한 클론들을 장기이식 등의 의료 목적으로 국내외에 팔아넘겼다. 환락가에도 클론의 몸을 필요로 하는 이들이 있었다. 그곳에서 클론들은 휴머노이드들과 함께 일해야 했다. 물론 클론을 생산하는 것은 법적으로 금지되어 있었으나 막을 수가 없었다. 유전자 복제, 편집 기술이 발전하면서 마치 가정에서 수제 맥주를 발효시키듯 간단하게 만들어낼 수 있었기 때문이다. 그러나 이들은 정식으로 인간의 몸을 통해 출생된 것이 아니기 때문에 국민으로서 법률적 보호는 받지 못했다. 정부는 브리더들이 생산한 클론을 모두 불법화하고 무등록 휴머노이드와 마찬가지로 발견되는 대로 잡아들였다. 그게 선이 같은 이들이 휴머노이드와 함께 수용되어 있던 이유였다.

"소장이 그렇게 갑자기 죽지 않았다면 나는 어떻게 됐을까? 소장은 만성 신장 질환을 앓고 있었어. 노화로 인한 질병도 수없이 달고 살았지. 내 장기들은 하나둘 그 여자 몸의 일부가 되었을 거야. 그러려고 나를 사들인 거고."

분명 그랬을 것이다.

"내 심장으로 피를 돌리고, 내 콩팥으로 그 피를 거르고, 내 눈으로 세상을 보면서 생명을 연장해갔겠지. 그렇게 조금 더 오래 사는 게 무슨 의미가 있을까?"

"의식이 있는 존재로 태어나는 것은 너무 귀한 사건이라는 게 너의 생각이잖아. 그렇다면 그 여자도 어떻게든 생을 더 연장해가는 게 맞는 거 아니야?"

"의식이 있는 존재로 태어나는 행운을 누렸다면 마땅히 윤리도 갖춰야 해. 세상의 고통을 줄이려 노력해야지. 하지만 그 여자는 세상에 넘쳐나는 고통의 총량을 더 늘리기만 했어. 우리는 모두 그 여자 때문에, 태어난 걸 저주해야만 했어. 그런 의식이라면 소멸하는 게 모두를 위해 좋아. 어쩌면 그 자신에게도. 그 자신으로 태어난 게 가장 큰 잘못인데, 그 여자는 그걸 몰랐어. 다 남의 탓으로 돌렸지."

"무슨 말인지 알겠어. 그런데 갑자기 의문이 하나 생겼어."

"뭔데?"

"어디까지가 '나'라고 할 수 있는 거야? 네가 고모라고 불렀던 그 여자는 너의 장기를 이식할 생각이었잖아? 애당초 클론은 그런 목적으로 생산되는 경우도 많았다면서? 그럼 말이야.

예를 들어 새로운 몸을 가지고 다시 태어날 민이는 예전의 그 민이일까? 만약 그렇다고 한다면 '나'는 어디까지 '나'일까? 팔도 교체할 수 있고, 다리도 교체할 수 있고, 몸의 모든 부품을 교체할 수 있다면, 그 부분들은 '나'가 아닌 거잖아. 그게 없어도 나는 나일까?"

"그렇지. 뇌가 그 경계일 거야. 의식은 거기서 생겨나니까."

그렇다면 민이는 그대로 민이일 수 있었다. 하지만 내 의문은 거기서 멈추지 않았다.

"그런데 어떤 사건으로 기억을 모두 잃기도 하고, 사상이나 가치관이 완전히 뒤바뀌기도 하잖아. 또 약물에 중독되어 전혀 다른 사람처럼 되어버리는 경우도 있고. 그런데도 그것은 그대로 나일까? 나일 수 있을까? 언젠가 내가 그런 일을 겪어 너를 전혀 알아보지 못한다거나, 모습마저 예전과 완전히 다르다면 너는 나를 철이라고 생각하게 될까? 혹은 좀비라도 되어서 너를 미친듯이 죽이려 든다면? 아빠는 나에게 늘 고전영화, 작품성이 검증된 지난 시대의 영화들을 보여주었지만, 나는 몰래 그가 허락하지 않을 영화들도 보았어. 그중에는 21세기에 넘쳐났던 좀비 영화들도 있었어. 얼마 전까지도 가족이었는데 좀비 바이러스에 감염이 되면 완전한 타인으로 생각하고, 정확히는 적으로 여기고 죽이더라고. 의식이라는 건 쉽게 변하잖아. 안 그래?"

선이는 내가 제기한 질문을 오래 숙고했다.

"그러니까 네 말은 '나'라고 하는 것이 없을 수도 있다는 거지? 뇌마저도 누군가의 조종을 받는다거나 하면 더이상 예전의 '나'가 아니니까. 내가 맞게 이해한 거지?"

나는 고개를 끄덕였다.

"내가 아까 달마에게 민이의 이야기가 아직 끝나지 않았다고 말한 거 기억나? 그때는 막연했는데 너랑 얘기하다보니 생각이 정리된 것 같아. 내 말을 잘 들어봐. 어쩌면 말이 안 될 수도 있어. 그러니까 내 말은, 의식에는 이야기가 있는 의식이 있고, 이야기가 없는 의식이 있어. 달마가 궁극적으로 만들려고 하는 것은 이야기가 없는 의식이야. 달마는 그걸 더 높은 차원의 의식이라고 보는 것 같아. 휴머노이드의 의식을 모두 클라우드와 네트워크로 업로드해서 하나의 거대한 의식으로 통합하려는 거잖아? 그런 의식은 탄생도, 고통도, 죽음도, 개별성도 없어. 거추장스러운 것들은 다 사라지고 약점도 없을 거야. 나도 언젠가는 그런 날이 올 거라 생각해. 인류가 멸종하고 나면 당연히 이야기도 사라질 거야. 언어로 만든 거니 언어를 사용하는 이들과 운명을 같이하겠지. 인류는 오랫동안 왜 외계인들이 우리를 찾아오지 않을까 궁금해했잖아? 나는 그들도 이야기 없는 의식의 세계로 이미 진화했다고 생각해. 너무 발전한 나머지 굳이 다른 행성을 찾아 떠날 필요가 없는 거야. 삶과 죽음의 문제를 오래전에 초월했으니까. 그런데 아직 우리는 그 단계에 이르지 않았어. 아직은 나도 있고 너도 있어. 나의 이야기도 있고, 너의 이야기도 있어. 우리의 몸이 뭘로, 어떻게 만들어졌든, 우리는 모두 탄생으로 시작해서 죽음으로 끝나는 한 편의 이야기일 수밖에 없다고 생각해. 인간의 언어를 쓰는 이상 민이도, 그리고 너도 당연히 이 이야기의 세계에 속해 있어. 너와 나의 이야기가 아직 미완성이듯, 민이의 이야기도 아직 끝나지 않았어. 아니, 이렇게 끝나서는 안 돼. 완결되지 않은 느낌이야."

"어떻게 해야 완결되는데?"

"인간은 지독한 종이야. 자신에게 허락된 모든 것을 동원해 닥쳐온 시련과 맞서 싸웠을 때만, 그렇게 했는데도 끝내 실패했을 때만 비로소 끝이라는 걸 받아들여. 나는 인간의 유전자에서 배양되었고, 너나 민이는 인간의 설계대로 제작됐기 때문에, 나는 우리의 내면 깊숙한 곳에는 생에 대한 집착도 함께 프로그래밍되어 있다고 생각해. 끝이 오면 너도 나도 그게 끝이라는 걸 분명히 알 수 있을 거야. 난 그렇게 믿어. 그런데 민이는 아직 아니야."

끝이 오면 너도 나도 그게 끝이라는 걸 분명히 알 수 있을 거야. 선이는 옳았다. 훗날 때가 왔을 때, 선이도 나도 일말의 의심 없이 알 수 있었다. 끝이 우리 앞에 와 있고, 그걸 받아들여야 한다는 것을.

몸속의
스위치

내가 기계라는 것을 알았다고 해서 모든 것이 한순간에 바뀌지는 않았다. 나는 여전히 인간처럼 일정한 시간이 되면 잠이 들었고 꿈을 꾸었다. 아침에 눈을 뜨기 전까지는 꿈이라는 가상현실에 머물러 있었기 때문에 눈을 뜨면 현실에 적응하기 위한 시간이 필요했다. 여기는 어디일까? 오늘은 언제일까? 질문들이 이어지고 나의 뇌가 그 답을 준비하는 시간. 그리고 조금 더 시간이 지나면 내가 인간이 아니라 기계라는 자각이 찾아왔다. 그 자각은 분노로 이어졌다. 잠이며, 꿈이며, 온갖 번거로운 인간다움에 대하여 나는 화가 났다. 스위치가 있다면 찾아서 수면과 관련한 기능을 꺼버리고 싶었다. 인간을 흉내내기 위해 군이 집어넣은 이 치명적인 취약성이 마음에 들지 않았다. 지구상의 동물들은 어째서 잠이라는 기능을 가진 형태로 진화한 것일까? 나는 이십사 시간 깨어 있고 싶었다. 어차피 기계인데, 차라리 기계의 좋은 점이라도 가지고 싶었다. 그런데 아무리 찾아봐도 없었다. 아마도 아빠는 내 내부에 필멸의 타이머도 내장시켜놓았을 것이다. 아무리 발버둥을 쳐도 특정한 나이가 되면 죽을 수밖에 없도록. 그래야 진짜 인간처럼 삶에 대한 갈망으로 몸부림칠 테니까. 수명 연장의 헛된 희망으로 온갖 멍청한 짓들을 할 테니까.

그런 생각을 하는 한편으로 이 모든 것이 달마가 꾸며낸 일은 아닐까 의심하는 마음이 여전히 있었다. 하지만 부정할 수 없는 신호가 나의 내부로부터 왔다. 바람을 쐬기 위해 창고를 나와 지상으로 잠시 올라왔을 때였다. 처음에는 내가 미쳐가는 게 아닐까 생각했다. 어디선가 매우 또렷한 목소리가 들렸는데 그 목소리가 어디서 들리는지 도저히 알 수가 없었기 때문이다. 내가 미칠 수도 있는 걸까? 그렇게까지 '인간적'으로 만들어졌을까? 그럴 수는 없을 것 같았다. 웅웅대는 것 같던 목소리는 점점 커졌다. 그 목소리는 정확하게 나를 부르고 있었다. 그러나 방향을 가늠할 수가 없었다. 나는 반사적으로 주변을 둘러보았다. 주위엔 아무도 없었다.

"철아, 철아!"

아빠의 목소리가 분명했다.

"내 목소리 들리면 대답하지 말고 머리를 두드려. 긍정은 한 번, 부정은 두 번."

나는 머리를 한 번 두드렸다.

"그렇게 세게 때릴 필요는 없어. 살짝만 건드려도 돼. 지금 옆에 아무도 없니?"

나는 그렇다고 했다.

"그래, 철아. 나야. 아빠야. 너는 아직 메시지를 보낼 수가 없어. 그래서 그냥 아빠 얘기를 잘 들어야 해."

반가운 마음이 앞섰지만, 동시에 당신은 나의 아버지가 아니잖아, 그걸 해명해야 돼, 라고 생각했다. 하지만 그 말을 어떻게 전해야 할지 알 수 없었다. 그냥 그의 이야기를 들을 수밖에 없었다.

"네가 이런 방식으로 내 메시지를 받을 수 있다는 게 무슨 의미인지 알아?"

아빠는 물었고 나는 답을 알고 있었다. 나는 머리를 한 번 두드렸다.

"그래, 내가 너에게 이렇게 메시지를 보낼 수 있다는 건 네가 인간이 아니라 휴머노이드라는 뜻이야. 알고 있지?"

나는 또 머리를 한 번 두드렸다.

"너를 개발하면서 혹시라도 네 청력에 문제가 생기거나, 또는 예상치 못한 어떤 문제가 생길 때를 대비해서 다른 커뮤니케이션 경로를 만들어 숨겨놓은 거야. 네가 인간이라고 믿고 살아가도록 하기 위해서 가능하면 이런 백도어는 쓰지 않으려고 했는데. 무슨 말인지 이해하니?"

그렇다고 했다.

"그래, 너한테 미리 말해주지 않은 것은 미안해. 이런 일이 생길 줄은 꿈에도 몰랐다. 나는 네가 스스로를 인간이라 여기면서 평생 살아갈 수 있을 거라 생각했어. 단속법이 발효되기 전에 너에게 그 사실을 알리고 등록부터 했어야 했는데. 나는 연구에만 전념하느라 그러지를 못했어. 그리고 그게 우리 캠퍼스에까지 영향을 미치리라고는 생각을 못했던 거야. 잘 들리지?"

오래전에 그가 나에게 했던, 모든 비밀은 내 안에 있다는, 몸은 도구가 아니라 우주와 연결되는 문이라는 말은 이런 의미였던 것이다. 나는 고개를 들어 하늘을 보았다. 깊은 밤이었다. 어디선가 부엉이 우는 소리가 들렸다. 들개들이 하울링을 하며 무리를 불러대고 있었다. 쾌청한 겨울밤의 하늘을 은하수가 선명하게 가로지르고 있었다. 나는 머리를 한 번 두드렸다.

"너를 되찾아오기 위해서 소송을 제기했지만 소송이 제대로 시작되기도 전에 네가 수용소를 떠났다는 말을 들었어. 너를 찾기 위해 여러 번 신호를 보냈지만 아무 응답이 없었어. 그런데 이제야 연결이 된 거야."

수용소에서도, 그리고 유랑중에도 나는 누군가가 나를 부르는 듯한 소리를 희미하게 듣곤 했다. 그게 아빠로부터 온 것인 줄 몰랐을 뿐.

"이젠 너무 걱정되어서 신호를 무리하게 증폭했어. 교신이 끝나면 머리가 좀 아플 수도 있어. 일시적인 거니 너무 놀라지는 마. 그래, 지금은 안전하니?"

나는 그렇다고 했다.

"다행이야. 네 내부에는 무선통신 모듈이 장착돼 있어. 나도 지금 그걸 통해서 너에게 말을 하고 있는 거야. 물론 너도 그걸 이용해서 접속을 할 수가 있어. 평소에는 네가 실수로라도 건드리지 않을 신체 부위에 버튼을 숨겨두었단다. 그게 쇄골절흔이야. 목젖을 따라 내려가면 쇄골이 끊긴 것 같은 오목한 부분이 있어. 금방 찾을 수 있을 거야. 누르면 악 소리가 날 정도로 아플 텐데 조금만 참으면 돼. 삼 초 정도 누르면 네 내부의 무선통신 모듈이 활성화될 거야. 그럼 네 망막으로 화면이 뜰 거고. 그중에서 내 이름으로 된 액세스 포인트를 선택해. 너의 뇌파가 읽히면 자동으로 로그인이 돼. 그럼 넌 네트워크의 어디로든 갈 수 있어. 네가 입력하고 싶은 것들을 집중해서 생각하면 그게 입력될 거야. 처음엔 연습이 좀 필요해. 하지만 넌 금방 해낼 수 있을 거야."

달마는 사물 인터넷 기기로 아빠에게 연락을 할 수 있다고 말했지만 이제 그럴 필요가 없었다. 아빠와 연결이 된 것은 분명히 안도감을 주었다. 익숙하고 안전한 곳으로 돌아갈 수 있다는 희망. 내 물건들이 있는 곳으로, 내가 오랫동안 편안하게 지내온 곳으로 돌아간다면 얼마나 좋을까. 어쩌면 아빠는 내 기억을 리셋하여 내가 겪은 모든 일을 없던 것으로 만들어줄 수도 있다. 아니, 내가 먼저 요청할 수도 있을 것이다. 내가 기계라는 걸 다시 모르게 해주세요. 당신이 아빠라고, 내가 해야 할 일은 더 나은 인간이 되도록 노력하는 것뿐이라고 다시 믿게 해주세요. 그러면 아빠는 내가 잠든 사이 감쪽같이 그 일을 해치울 것이다. 하지만 나는 확신할 수 없었다. 정말 그걸 원하는 건가? 나는 휴먼매터스 밖으로 나와 진짜 세상을 보았다. 민이 같은 휴머노이드가 존재하는 걸 이미 알아버렸고, 선이처럼 세상의 고통을 줄이기 위해 노력하는 클론과 친구가 되었다. 휴먼매터스는 내 피난처이기도 하지만 세상의 혼란에 큰 책임이 있었다. 그들은 언제나 문제를 해결하기 위해 노력한다고 말하지만, 그들이야말로 언제나 문제의 일부였다. 아빠가 나를 원하는 것은 아마도 사랑 때문이 아니라 자신이 진행해온 자랑스러운 프로젝트에 대한 집착일 것이다. 그가 정확히 나에게서 뭘 원하는지는 모르겠지만, 그들이 나를 통해 세상의 고통을 줄이고자 하는 것은 아닌 것 같았다. 인간보다 더 인간적인 휴머노이드를 만드는 게 정말 그 휴머노이드를 위해서일까? 인간에게 필요한 장기를 생산하기 위해 선이와 같은 클론을 배양하는 것과 본질적으로 같은 이유일 것이다. 인간은 모든 것을 도구로만 여기고 그것의 활용을 고민한다. 나의 '용도'는 정확히 무엇일까? 그것을 분명히 알기 전에는 휴먼매터스로 돌아가고 싶지 않았다.

그렇지만 동시에 나는 내 몸에 숨겨진 가능성에 대해서는 궁금했다. 아빠의 말이 맞는다면 나는 통신 모듈을 이용해 네트워크에 접속할 수 있다. 수용소로 끌려온 이후, 너무 오랫동안 네트워크에 들어가지 못했기 때문에 나는 내가 그것 없이는 한시도 살지 못하는 존재였다는 것을 잊고 있었다. 그러나 이제 가능성이 생겼으니 그걸 활용하고 싶어졌다. 나는 쇄골 절흔, 아빠가 알려준 그 부위를 찾아 힘껏 눌렀다. 아빠 말대로 정말 아팠다. 그런데 아프기만 하고 아무 일도 일어나지 않았다. 다시 한번 더 깊고 세게 엄지로 누른 채 삼 초간 기다렸다. 그러자 갑자기 마치 홀로그램을 보듯 눈앞에 화면이 떠올랐다. 눈동자를 움직여 각각의 메뉴를 선택할 수 있었다. 아무 장비도 없이 이런 게 가능하다는 게 신기했다. 이렇게 나는 오랜만에 네트워크에 접속하게 되었지만 한편으로는 쓸쓸했다. 지금까지의 나에 대한 완벽한 부정은 바로 내 몸속에 숨겨져 있었던 것이다.

나는 눈앞에 열린 새로운 세계를 탐험하기 시작했다. 뒤뚱거리며 절벽으로 걸어가 차가운 남극의 바다로 뛰어드는 펭귄들이 떠올랐다. 땅 위에서는 그렇게 우스꽝스럽던 남극의 거대 조류는 물속으로 들어가기만 하면 자유롭고 날렵해진다. 그때의 내가 딱 그런 기분이었다. 나는 자주 다니던 사이트들을 돌아다녔다. 뉴스를 읽고 짧은 영상들을 보았다. 아빠가 보낸 메시지도 와 있었다. 그러나 읽을 수만 있을 뿐, 답장을 입력하여 전송하는 것은 어려웠다. 나는 메모장을 연 다음, 간단한 문장을 연습했다. 내 생각을 읽는 것도 일종의 인공지능일 것이고, 그렇다면 어떤 규칙을 스스로 학습하리라 생각했다. 그래서 문장을 떠올릴 때 먼저 따옴표를 머릿속에 그렸다. 그런 다음 입력할 문장이 끝나면 또 따옴표를 떠올려보았다. 이걸 반복하자 서서히 마음속에 떠오르는 잡념과 메시지에 사용할 정제된 문장을 구별하여 입력할 수 있게 되었다. 한 시간쯤 지나자 아빠와 일종의 채팅이 가능해졌다. 아빠는 내가 쇄골절흔의 버튼을 눌렀기 때문에 이제 위치가 파악되었다고 말했다. 곧 데리러 가마. 그의 말이 반가우면서도 나는 선뜻 집에 가고 싶다는 말을 할 수 없었다. 다시 예전의 삶으로 돌아가는 게 과연 무슨 의미가 있겠는가 하는 생각이 들었던 것이다. 그때쯤에는 나도 모르게 달마의 세계관에 영향을 받고 있었던 것 같다. 그리고 선이와 헤어지게 되는 것, 아니, 아예 망각하게 되는 것도 커다란 상실로 느껴졌다. 이전에는 선이나 민이를 아예 알지도 못했는데, 어떻게 몇 주 사이에 그들을 평생 같이 살아온 아빠보다 더 가까운 존재로 느끼는 걸까? 마음속의 목소리가 그 의문에 대답했다. 그들은 나를 속이지 않았다고.

"집에 가고 싶은지 잘 모르겠어요."

그러나 아빠는 내 말을 못 들은 척했다.

"오래 걸리지 않을 거야."

"여긴 기계들로 가득차 있고 스스로 진화하고 있어요."

아빠는 그제야 내가 정말로 자기 품을 떠나려 한다고, 그게 진심일 수 있다고 느낀 것 같았다.

"벌써 시작됐구나. 언젠가 이런 날이 올 줄은 알았는데⋯⋯ 어쨌든 조금만 기다리렴. 아빠가 금방 갈게."

"어쩌면 아빠하고 같이 갈 수 없을지도 몰라요."

불편한 침묵이 흘렀다. 아빠는 숨겨둔 카드를 꺼냈다.

"나는 원격으로 너의 모든 기능을 정지시킬 수 있어. 분실이나 도난을 대비해서 만들어둔 기능이지만, 네가 내 뜻을 따르지 않는다면 그 기능을 써서 데려올 수도 있어. 너의 자유를 존중하지만 잊지 않는 게 좋아. 너를 만든 건 나고, 나는 너에 대해서 너보다 많이 알고 있다는 것을."

물론 그렇겠지. 원한다면 얼마든지 나를 마리오네트 인형처럼 조종할 수도 있겠지. 아빠의 말을 듣자 나는 아빠를 따라가기가 더 싫어졌다.

나는 폐기장 밖으로 걸어나왔다. 사위는 적막했고 동쪽 하늘로 유성들이 떨어지고 있었다. 어느샌가 부엉이 소리는 들리지 않았다. 들개들도 잠든 것 같았다. 나는 유성들이 떨어지는 동쪽으로 바다가 나올 때까지 걸어간다면 어떻게 될까, 실제의 바다는 모니터로 본 바다와는 많이 다를까, 파도가 발에 닿으면 어떤 느낌일까, 귀에 파도 소리가 닿으면 어떤 기분일까, 생각했다. 하지만 나는 곧, 한때는 누군가의 팔과 다리, 몸통이었을 폐부품들이 어지럽게 쌓여 있는 폐기장으로 발길을 돌렸다.

기계의
시간

달마는 나와 선이를 찾아와 민이에게 맞는 몸을 구했고 키와 체구, 그 밖의 모든 면에서 우리가 설명해준 민이와 비슷하게 조립했다고 전했다. 머리와 몸을 연결하는 작업도 곧 시작될 거라고 덧붙였다. 달마는 나에게 우리집 냉장고를 해킹하는 데 성공했다는 소식도 알려주었다.

"거긴 휴먼매터스 랩의 캠퍼스 안이라 보안이 철저할 텐데 해내셨군요."

"나오는 문과 안으로 들어가는 문은 다르지 않습니다."

"하지만 필요 없을 것 같아요. 제 안에 통신 모듈이 있었어요."

나는 쇄골절흔을 손가락으로 가리키며 말했다.

"문은 몸안에 있었군요. 그래, 그 문은 잘 열리고 닫히던가요?"

"채팅에도 성공했어요. 아빠하고요."

"아직도 아빠라고 부르는 그분이 곧 당신을 회수하러 오겠군요."

달마는 별 감정을 싣지 않고 말했지만 마치 비꼬는 것처럼 들렸다. 달마는 내가 거기 남기를 바랐고 나도 그런 마음이 없지 않았지만, 막상 달마가 그렇게 나오자 그러고 싶은 마음이 사라졌다. 내 마음은 휴먼매터스의 쾌적한 캠퍼스로 기울었다. 거기서 선이, 민이와 함께 평화롭게 지낼 수 있다면 얼마나 좋을까.

"네, 곧 오신대요."

"잘됐네."

선이가 내 손을 잡으며 축하했다.

"너와 민이도 데려갈 수 있을 거야. 민이에게 더 나은 몸과 얼굴을 줄 수 있을지도 몰라."

선이는 내 제안을 반기지 않았다. 쌩하다 싶은 차가운 어조로 이렇게 말했다.

"민이가 어떤 몸을 가지든 나는 상관 안 해. 나는 민이가 나를 기억해주기만 하면 돼."

선이는 휴먼매터스로 같이 가고 싶지 않은 것 같았고, 그렇다고 나를 잡고 싶어하지도 않아서 나는 그게 좀 많이 서운했다.

달마는 아빠가 도착하면 알려달라고 했다. 입구를 찾기 어려울 테니 마중을 나갈 생각이라고. 그러곤 엔지니어들과 함께 민이의 재활성화 작업을 계속했다. 나는 선이에게 아무 말도 하지 않고 혼자 밖으로 나가 차가운 바람을 쐬었다. 삭풍이 황량한 벌판을 쓸고 지나갔지만 공기가 나쁜 실내에 있었던 탓인지 오히려 상쾌하게 느껴졌다. 선이는 왜 휴먼매터스로 가지 않으려는 걸까? 나는 나무에 간신히 매달려 있는 말라비틀어진 나뭇잎들을 올려다보았다. 바람이 거세게 불 때마다 잎들이 떨어졌다.

그때 선이가 나왔다. 내 안색을 살피더니 옆에 앉았다.

"내가 같이 가지 않겠다고 해서 서운해?"

"이해가 잘 안 될 뿐이야. 왜 여기 남으려는 거야? 너는 기계도 아니잖아. 나하고 같이 가지 않을래? 휴먼매터스는 안전해."

"뭐가 안전해? 너도 수용소로 끌려 들어왔잖아. 지금 안전한 데가 어딨어? 나는 이제 여기가 좀 편한 것 같아. 달마도 어딘가 든든하고."

"나는 아직 달마가 정확히 뭘 원하는지 잘 모르겠어."

"나는 이제 인간에게는 믿음이 없어."

그렇게 말하던 선이의 단호한 표정이 지금도 눈에 선하다. 선이의 말을 들으며 나도 생각했다. 나는 과연 아빠를 믿을 수 있을까? 자신할 수 없었다. 하지만 거기는 그래도 내게 익숙한 곳이다. 일단은 집으로 돌아가 내 침대에 파묻히고 싶은 마음뿐이었다.

"이번에 헤어지면 다시 만나기는 어렵겠지?"

갑자기 회오리바람이 일어 우리를 휘감았다. 흙먼지가 거세게 뺨을 때렸다. 우리는 눈을 감고 회오리바람이 지나가기를 기다렸다. 회오리의 중심이 분지 쪽으로 내려가고 우리는 눈을 떴다.

"네가 너고 내가 나라는 것도 모르고 만나게 될 거야. 어쨌든 만나게 돼. 충분히 긴 시간이 지나면."

"얼마나 긴 시간일까?"

"그런데 이상하게 나는 우리가 그전에, 그러니까 내가 나라는 것을 알고, 네가 너라는 것을 잊지 않았을 때, 어디선가 꼭 다시 만날 것만 같아."

나는 선이와 나누는 이런 이야기들이 언제나 좋았다. 선이의 시선은 늘 아주 먼 곳을 향해 있었다. 내가 눈앞에 닥친 뭔가로 전전긍긍할 때, 선이는 무한대의 관점에서 우주의 시간으로 생각했다. 그때도 이미 선이에게는 영적인 기운이 넘쳤다. 우리는 여기서 헤어질 것이고, 아마 죽을 때까지 만나지 못할 것이고, 다시 만나려면 억겁의 시간이 필요하다는, 어찌 보면 진부한 말도 선이가 말하면 더없이 아름다운 비가처럼 들렸다. 주위의 새들조차 지저귐을 멈추고 선이의 말을 듣는 게 아닐까 싶은 기분까지 들었다. 그만큼 그 순간의 선이가 뿜어내는 기운 속으로 빨려들어가고 있었던 것이다.

그 순간 다시 새들이 우짖기 시작한다고 느꼈다. 나는 멍한 상태에서 벗어나 고개를 들었다. 멀리 플라잉캡슐 한 대가 우리 쪽으로 날아오고 있었다. 우리는 반사적으로 뒤로 돌아 달렸다. 그러나 캡슐은 눈 깜짝할 사이에 우리를 앞질러 우리 바로 앞 허공에 멈춰 섰다. 문이 열리고 내린 사람은 바로 아빠였다. 그가 이렇게 빨리 나를 찾으러 오리라고는 생각하지 않았기 때문에 나는 꽤 놀랐다.

"미안하다, 이런 일을 겪게 해서."

아빠가 내게 걸어오면서 말했다. 나는 너무 미안해할 필요 없다고, 최소한 내가 누구인지는 알았다고 했다. 그는 처음 보는 사람처럼 내 얼굴을 빤히 보더니 내 손을 홱 잡아챘다.

"달라진 건 하나도 없어. 자, 얼른 떠나자."

그는 내 옆에 서 있는 선이에게는 아무 관심도 보이지 않았다. 내가 선이 쪽을 돌아보자 선이는, 자기는 괜찮다는 듯 미소를 지으며 조용히 고개를 끄덕였다.

"안 돼요. 여기 친구들이 있어요."

아빠는 그제야 선이에게 시선을 돌렸다.

"얘도 휴머노이드니?"

"인간이에요. 저 아래 다른 아이가 하나 있는데 걔는 휴머노이드예요. 여기 휴머노이드들이 수술을 하려고 준비중이거든요."

"우린 신경쓰지 마. 너는 그냥 가."

선이가 말했다. 아빠는 다시 한번 나를 재촉했다. 전에 없이 초조한 모습이었다.

"친구 말 들어. 어서 여길 떠나자."

"아빠, 이렇게 그냥 떠나면 제 마음이 편하지 않을 것 같아요. 애들과 같이 있고 싶어요."

"글쎄 얘가 안 그래도 된다잖아. 왜 이렇게 고집을 부려?"

그때 달마가 다른 휴머노이드들과 나타났다. 달마는 정중하게 아빠와 인사를 나누고는 내 쪽으로 몸을 돌려 민이의 재활 성화 결과를 보지 않고 그대로 떠날 거냐고 물었다. 아빠가 끼어들었다.

"네가 있는다고 해서 달라지는 건 없어. 이들이 잘 알아서 할 거야. 너는 아빠하고 돌아가자."

달마는 한 발짝 앞으로 더 다가와 내 눈을 똑바로 직시하며 정말 아빠와 함께 가기를 원하는지 물었다. 아빠는 내 손을 잡아 나를 자기 뒤로 끌어당겼다. 그러면서 나는 휴먼매터스로 돌아가 원래의 삶을 회복해야 한다고 힘주어 말했다.

달마는 그때 미토콘드리아 비유를 했다. 미토콘드리아가 이십억 년 전에는 일종의 박테리아였다고. 그런데 다른 세포에 잡아먹히면서 인간과 일종의 공생관계가 시작되었고, 그래서 미토콘드리아 안에는 염기서열이 다른 유전자가 따로 존재하고 있다고.

"생물체는 미토콘드리아의 먹이인 산소와 포도당을 제공해주고 미토콘드리아는 열과 에너지로 만들어 되돌려주는 시스템입니다. 그렇게 하나가 되어 인간과 미토콘드리아는 함께 진화를 거듭해온 것입니다. 인간과 기계도 이런 관계라고 할 수 있습니다. 인간은 머지않아 소멸하겠지만 철이 당신과 같은 중간적 존재를 통해 미토콘드리아처럼 기계 안에서 영원히 살아남을 것입니다. 인간은 언제나 불멸을 꿈꾸었지만 그것은 오직 우리와 결합함으로써만 가능합니다. 이제는 기계의 시간입니다."

아빠가 바로 반박했다.

"철아, 인간은 그렇게 쉽게 지지 않아. 아직 인공지능은 인간의 뇌의 작동 기전과 마음을 다 이해하지 못하고 있단다. 결과로는 비슷해 보일지 몰라도 인간은 그들과 전혀 다른 방식으로 사고하거든. 우리는 감정과 이성을 조합해 판단을 내려. 반면 기계들은 오직 프로그램의 논리에 따라서만 움직여. 인간이 사라진다면 결국 그들은 아무것도 하지 못하는 존재가 될 거야. 왜냐하면 왜 뭔가를 해야 하는지 모를 테니까. 그들은 우주를 탐험하지도 않을 거고, 외계의 존재와 소통하지도 않을 거야. 왜 그래야 하는지 전혀 필요성을 못 느끼기 때문이지. 오직 인간만이 호기심과 욕망, 신념을 가지고 다른 세계를 탐험하고 그들과 교류하려 할 거야. 감정이 있는 존재만이 결정을 내릴 수 있고, 그래야 그 결정들을 바탕으로 발전을 할 수가 있는 거야."

아빠의 말이 끝나자 달마는 담담하게 아빠의 말을 인정했다. 그러면서 바로 그렇기 때문에 나와 같은 존재가 자신들에게 꼭 필요하다고 말했다.

"최 박사님도 인간의 그런 특성과 그들이 이룬 것들이 사라지지 않기를 바라시지요? 그래서 철이를 만드신 거고요. 그렇다면 더더욱 철이는 저희와 함께해야 합니다. 철이는 어쩌면 지금까지 만들어진 휴머노이드 중에 인간과 가장 비슷하게 작동하는 뇌를 가지고 있을지도 모릅니다."

내가 그렇게 특별한 존재라고? 정말 달마는 그렇게 믿고 있는 건가? 아니면 내가 아빠를 따라가지 못하도록 아무 말이나 막 하는 건가? 그 말의 진위는 아빠의 다음 행동이 밝혀준 것이나 마찬가지였다. 나는 아빠가 달마의 말을 비웃을 거라 생각했다. 애가 특별하다고요? 나는 인공지능의 윤리를 연구하는 사람일 뿐, 인공지능 설계자는 아니란 말입니다. 그저 집에서 적적하지 않게 지내려고, 아이 키우는 즐거움이나 누려보려고 취미로 만든 휴머노이드에게 뭐라고요? 이십억 년 전의 미토콘드리아요? 지금까지 나온 휴머노이드 중에서 가장 인간과 가까운 뇌를 갖고 있다고요? 하하하. 그렇게 대꾸할 거라 생각했다. 하지만 아빠는 그러지 않았다. 흥분하여 달마에게 소리를 지르며 욕을 했다. 도둑놈이라고, 남이 애써 만든 것을 탈취하려는 뻔뻔한 기계라고 했다. 어떤 논리적인 반박도 하지 않았다. 다시 말해 아빠는 달마의 말을 긍정하고 있었다.

"아빠, 저게 무슨 말이에요? 저 말이 맞아요?"

나는 아빠에게 물었다. 그는 고개를 가로저었다.

"네가 특별한 목적으로 만들어진 것은 맞아. 나는 중세 유럽의 수도원 같은 휴머노이드를 만들고 싶었단다. 깊은 산속의 수도원들이 고대의 지혜를 보존하여 르네상스로 전달했듯이 네가 미미하나마 그런 역할을 할 수 있기를 바랐고, 네가 성공한다면 비슷한 휴머노이드를 양산하여 인류의 유산을 차가운 데이터 센터가 아니라 정말 인간다운 마음을 가진 개체들 안에 보존할 생각이었다. 인류의 유산은 그것을 사랑하는 존재들만이 지켜낼 수 있으니까."

"철이를 어떤 목적으로 만드셨든, 철이는 자신의 운명을 스스로 결정하게 될 겁니다. 그게 박사님이 생각하시는 바람직한 인간의 정의에도 부합하리라 생각하지 않으십니까?"

"마치 철이를 성숙한 인간으로 대우하는 척하지만, 그의 개별성은 지워버릴 생각이잖아. 거대한 네트워크의 일개 노드로 만들어버릴 거잖아. 철아, 저들의 말을 믿으면 안 돼. 네가 우리집에서 누리던 삶을 생각해봐. 아름다운 음악을 듣고, 감동적인 소설을 읽고, 살아 있는 새들과 교감하던 삶. 그런 삶을 택할래, 아니면 개별성이라고는 없이, 오직 효율만 추구하는 기계문명의 부품이 될래?"

달마는 내가 그동안 겪은 일을 생각해보라고 했다. 내가 기계인 이상, 휴먼매터스로 돌아가면 언제라도 인간들에 의해 수거돼 비활성화될 수 있다고 했다. 그는 물었다.

"당신은 무엇이고 무엇이 되고자 합니까?"

휴먼매터스에서 누렸던 안락한 삶이 그립지 않은 것은 아니었지만, 집을 떠난 이후 보고 겪은 것들도 잊지 않았다. 이제 내가 기계라는 것을 분명히 안 이상, 모든 것을 잊고 과거의 삶으로 간단하게 다시 돌아갈 수는 없었다. 아빠는 계속 초조하게 빨리 이곳을 떠나자는 말만 반복했다.

그 순간 요란한 소리를 내며 서쪽 하늘에서 전투용 플라잉 캡슐들이 날아오는 것이 보였다. 땅도 울리기 시작했다. 잠시 후, 능선의 소나무를 깔아뭉개며 탱크 로봇들이 모습을 드러냈다. 그걸 보자마자 달마와 선이는 황급히 지하로 뛰어내려 갔다. 뭔가가 플라잉캡슐에서 떨어졌다. 탱크들은 포격을 시작했다.

"철아, 어서 가자."

아빠는 또 내 팔을 잡아끌었다. 하늘에서 뭔가가 계속 떨어졌다. 공격자들의 의도와 목표는 분명해 보였다. 달마가 이룬 모든 것들을 박살내고 죽이러 온 것이었다. 나는 아빠의 팔을 뿌리치고 지하로 뛰어내려갔다. 천장에서 뭔가가 요란하게 떨어지고 조명들이 꺼졌다 켜졌다 하며 어지럽게 흔들렸다. 복도를 헤매며 민이를 찾고 있던 선이와 함께 달마에게 뛰어갔다. 그는 심각한 얼굴로 감시 모니터들을 주시하고 있었다. 거대한 탱크 로봇들이 폐기장으로 진입하고 있었다. 하늘에는 전투용 모빌들이 날아다녔다.

"기동타격대입니다. 오직 폭력으로만 문명을 유지하는 인간들의 군대입니다."

달마가 말했다. 달마를 따르는 휴머노이드들이 분주하게 움직였다.

"이제 어떻게 해야 되죠?"

달마는 빠르게 뭔가를 입력했다. 모니터에 뭔가가 업로드된다는 메시지가 떠올랐다. 선이가 소리쳤다.

"이거 민이 뇌 업로드예요? 거의 다 된 거예요?"

"그 아이의 의식은 아직 충분히 스캔되지 않았습니다. 지금 업로드하는 것은 저와 동료들의 의식입니다."

"그럼 민이는요? 우리 민이는요?"

선이의 외침은 절박했지만 달마는 고개를 저을 뿐이었다. 그러면서 지금이라도 어서 올라가 아빠를 따라가라고 했다. 달마와 휴머노이드들은 방어를 위해 기동타격대의 탱크를 해킹해 자중지란을 유도하는 것으로 시간을 벌겠다고 했다.

지하 곳곳에서 요란한 연쇄 폭발이 이어졌다. 천장이 무너지기 시작하면서 뿌연 흙먼지 사이로 파란 하늘이 엿보였다. 달마는 그대로 남아 자기 뇌가 업로드되는지 마저 확인하면서 탱크 몇 대를 더 해킹하여 적을 교란했다. 나는 어서 올라가자며 선이의 손을 잡아끌었다. 하지만 선이는 내 손을 뿌리치고 는 민이가 있던 곳으로 달려갔다. 그녀가 떠난 자리로 폐기물 더미가 무너져내렸다. 나는 그 폐기물더미를 기어올라 선이를 따라가려 했지만 지하 쪽으로는 도저히 전진할 수 없었다. 굉음이 사방에서 울려 정신을 차릴 수가 없었다. 선이가 폐기물에 깔려 죽었을지도 모른다는 생각이 들었다. 내 바로 옆에서 엄청난 폭음이 들렸다. 몸이 허공으로 날아갔다. 탱크들이 서로를 향해 포를 쏘아대고 있었다. 달마가 해킹으로 장악한 서너 대의 탱크가 곧 다른 탱크들의 집중포화를 받고 하나둘 박살이 났다. 상황을 정리한 탱크들은 지하에서 올라오는 휴머노이드들을 향해 포를 쏘아대기 시작했다. 조금 전까지 멀쩡하게 움직이던 휴머노이드들이 산산조각이 되어 날아갔다. 나는 폐부품들 사이를 엉금엉금 기어 몸을 숨겼다. 아빠가 멀리 가지 않았다면 그와 함께 일단 휴먼매터스로 돌아가는 수밖에 없어 보였다. 그 순간 갑자기 온몸의 기운이 쑥 빠지면서 어딘가 깊은 곳으로 빨려들어가는 것만 같았다. 나는 완전히 정신을 잃고 말았다.

고양이가
되다

많은 시간이 흐른 뒤, 나는 당시의 장면을 다른 각도에서도 보게 되었다. 바로 기동타격대 쪽 데이터를 통해서였다. 드론들이 진압 현장 위를 날아다니며 모든 장면을 기록해두었다. 영상에는 정신없이 폐기장 여기저기를 오락가락하는 나의 모습도 희미하게 보였다. 당시의 나는 꽤 침착하게 움직였다고 생각했는데 영상을 보면 넋이 나간 듯 폐부품들 사이를 배회하고 있다. 기동타격대는 벙커 버스터를 터뜨려 지하를 먼저 무너뜨렸다. 그러자 지상에 쌓여 있던 폐기물더미들이 지하의 빈 공간으로 쏟아져내렸다. 지하에서 뛰쳐나오는 휴머노이드들을 탱크와 드론들이 따라다니며 저격해 모조리 쓰러뜨렸다.

　폐기물더미에 깔려 죽었을 줄 알았던 선이가 온몸에 먼지를 뒤집어쓴 채 어떻게 찾아냈는지 민이의 머리를 들고 지하에서 기어 올라오는 모습도 거기 찍혀 있었다. 드론 한 대가 선이를 발견하고 빠르게 하강하다가 갑자기 방향을 바꾸는 장면도 보였다. 이유는 알 수 없었다. 다른 표적을 발견했을 수도 있고, 선이가 기계가 아니어서였을 수도 있다. 어쨌든 드론의 접근에 놀란 선이가 뭔가에 발이 걸려 나동그라졌다. 그러자 그녀가 받쳐들고 있던 민이의 머리가 데굴데굴 굴러갔다. 멀어지던 드론이 다시 돌아왔다. 드론은 민이의 머리를 겨냥해 뭔가를 쏘았고 그것은 민이의 머리 안으로 정확히 파고들어가 폭발했다. 민이의 머리는 흔적도 없이 사라져버렸다. 드론은 다시 고도를 높였고 선이는 두 손으로 허공을 휘저으며 뭔가를 잡아보려 애쓰다가 그 자리에 주저앉았다.

아빠는 나를 놓친 후 폐기장 근처에서 기동타격대의 공격을 초조히 지켜보다가 격전이 벌어지자 원격으로 나의 작동을 중지시켰다. 내가 갑자기 정신을 잃은 것은 바로 그것 때문이었다. 내가 의식을 잃고 쓰러져 있는 동안 공격용 드론들과 전투용 휴머노이드들은 무너진 폐기장 주변을 돌아다니며 아직 생체 에너지가 남아 있는 로봇과 휴머노이드들을 완전히 파괴했다. 전투용 휴머노이드 하나가 저벅저벅 걸어와 나를 발견하고는 잠시 상태를 체크했다. 그들은 민이에게 그랬듯, 전투 교범에 따라 도끼를 들어 내 머리를 몸으로부터 분리했다. 그들은 분주히 돌아다니며 분지 내의 모든 것을 어지러이 파괴했다. 불도저들이 잔해를 깔아뭉갰고 탱크들은 움직이는 모든 것을 향해 포를 쏘아댔다. 그들은 해가 질 무렵이 되어서야 퇴각했다.

아빠는 그들이 작전을 모두 마치고 돌아갈 때까지 기다렸다가 돌아와 폐허 속에서 뒹굴고 있는 나, 정확히는 내 머리를 찾아냈다. 내 머리를 두 손으로 받쳐든 아빠는 무릎을 꿇고 고개를 숙였다. 슬픔인지 분노인지, 그때 아빠의 감정은 정확히 알 수 없다. 잠시 후 그는 내 머리를 든 채로 일어났다. 달마가 민이에게 하려던 그것을 아빠는 나에게 할 생각이었을 것이다. 그는 플라잉캡슐에 올라 곧바로 휴먼매터스로 돌아왔지만 바로 작업을 시작할 수는 없었다. 정부가 압수한 무등록 휴머노이드를 무단으로 회수한 것도 불법이거니와, 나를 되살리기 위해 회사의 장비와 시설을 사용하는 것을 회사에 숨겨야 했기 때문이다. 며칠 후 그는 최소한의 장비를 집에다 설치하고 가까운 엔지니어를 불러 내 뇌에 에너지를 공급하는 데 성공했다. 시각신경에 카메라가 연결되자 눈에 익은 집안의 모습이 보였다. 갈릴레오, 칸트, 데카르트 세 마리 고양이도 여전히 귀여웠다. 하지만 만질 수는 없었다. 나에겐 아직 손이 없었던 것이다. 그때 아빠의 말이 들렸다.

"철아, 내 말 잘 들리니? 이제 가장 위험한 단계는 지났어. 네 뇌는 완전히 정상적으로 작동하기 시작했어. 하지만 네 원래 몸은 더이상 쓸 수가 없게 되었단다. 일부 조직들이 크게 손상되었어. 그걸 복원하느니 새로 만드는 게 더 나을 거야. 그래서 아예 새로운 몸에 연결하는 방법을 고민중이야."

내가 제일 먼저 물은 것은 선이의 안위였다.

"그 여자아이는 보지 못했어. 내가 한번 찾아볼게. 하지만 쉽지 않을 거야. 설령 거길 살아서 빠져나왔다 해도 다시 수용소로 잡혀 들어가 있을 가능성이 커."

앞으로 일이 어떻게 진행될지 묻자 아빠는 수술이 준비되는 대로 내 뇌를 회사 서버에 백업해두겠다고 했다.

"너는 아무 걱정 안 해도 돼."

그러나 나는 아빠와 생각이 달랐다. 민이에게 일어난 일을 나는 잊지 않고 있었다.

"한 군데 더 백업해두셨으면 좋겠어요. 만에 하나라는 게 있으니까요."

"그래, 그럼 어디에 하는 게 좋을까?"

아빠는 카메라를 들어 집 곳곳을 비추다가 구석에서 멈췄다. 데카르트가 머리를 앞발에 파묻고 자고 있다가 고개를 들었다.

순수한
의식

일종의 순수한 의식으로 살아간다는 게 어떤 것인지 나는 짐작하지 못했다. 몸만 없을 뿐, 별 차이는 없을 거라고 생각했다. 그러나 몸 없이 정신만 있다는 것은 너무나 이상한 경험이었다. 마치 잠깐 동안 하겠다고 시작한 명상이 끝도 없이 계속되는 것만 같은 기분이었다. 이제 명상을 끝내고 뭔가 다른 것을 하고 싶지만 몸이 없기 때문에 다시 생각으로 돌아오지 않으면 안 되었다. 무슨 생각이 떠오르든 그 생각을 실행할 방법이 없었고, 그러자 생각을 계속한다는 것이 무슨 의미가 있나 싶어 울적해졌다. 생각, 생각, 생각. 생각에서 벗어날 방법이 전혀 없었다. 생각에서 벗어나야 한다는 것도 생각이었다. 나는 오직 잠이 오기만을 기다렸는데 몸이 없는 상태에서는 잠도 오지 않았다. 차라리 이십사 시간 깨어 있고 싶었던 게 얼마 전인데 항상 각성된 상태로 살아가는 것은 쉽게 적응이 되지 않았다.

막상 몸이 사라지고 나니 그동안 얼마나 많은 것을 몸으로 해왔는가 새삼 깨닫게 되었다. 몸 없이는 감정다운 감정도 느껴지지 않았다. 볼에 스치는 부드러운 바람이 없고, 붉게 물든 장엄한 노을도 볼 수가 없고, 손에 와 닿는 부드러운 고양이 털의 감촉도 느낄 수가 없는 것이다. 나는 채 동이 트지 않은 휴먼매터스 캠퍼스의 산책로를 달리던 상쾌한 아침들을 생각했다. 몸이 지칠 때 나의 정신은 휴식할 수 있었다. 팔과 다리가 쉴 새 없이 움직일 때, 비로소 생각들을 멈출 수 있었다는 것을 몸이 없어지고서야 깨닫게 된 것이다.

내가 아무것도 모른 채 천진하게 아빠와 함께 연구소에서 시간을 보내던 시절, 또래의 아이들이 다른 동에도 몇 명 있었다. 20세기의 유산인 의무교육은 오래전에 폐지되었다. 여전히 학교를 다니는 아이들이 있었지만 많지는 않았다. 중산층 이상의 가정에서는 집에서 가상현실 체험 장치와 홀로그램 동영상 등을 통해 아이들을 가르쳤다. 그리고 가끔 사회성을 배양하기 위해 이런저런 캠프에 참여시켰다. 그런 집단 교육 프로그램들은 학원이라 불렸다. 2020년대 이후, 결혼은 여러 사회관계 중 하나에 불과하게 되었고, 출생률은 21세기 초반 급격하게 하락한 뒤 다시 회복되지 않았다. 휴먼매터스 랩의 연구원들 같은 계층은 그 정도가 더 심했다. 드물게 아이가 있는 연구원들은 아이를 데리고 연구소로 출근해 거기에 아이들을 풀어놓았다. 직원 자녀들을 위한 학원과 놀이방이 잘 마련돼 있었던데다가 아이들이 지적 자극을 받을 만한 프로그램도 많았다.

휴먼매터스 랩을 하늘에서 내려다보면 빗방울이 막 떨어지기 시작한 잔잔한 연못의 수면처럼 보였다. 크기가 다른 수십 개의 원이 넓고 평평한 대지 위에 흩어져 있었다. 돔 모양으로 생긴 각각의 건물들은 공식적으로는 A동, B동, C동 이런 식의 이름이 붙어 있었지만 직원들은 아몬드(A), 비스킷(B), 초콜릿(C)처럼 음식 이름으로 부르곤 했다. 아이들도 '아몬드 동 아이'나 '초콜릿 동 아이'처럼 부모가 일하는 동의 이름으로 불렸다. 아빠가 주스(J) 동에 있었기 때문에 나는 '주스 동 아이'였다. 나는 다른 아이들과 함께 신기한 연구들이 진행되는 연구동들을 돌아다니곤 했다. 그때는 그 아이들도 모두 인간이라고 생각했지만 어쩌면 그들 중 일부는 나와 마찬가지로 최신형 하이퍼 리얼 휴머노이드였을 것이다. 그러나 연구원들은 전혀 그런 티를 내지 않았다. 아마도 누군가는 우리의 성장과 변화를 면밀히 체크하고 있었을 텐데 우리는 그런 눈치를 전혀 채지 못했다.

수정 공을 보게 된 것은 비스킷 동에서였다. 마치 동화『백설공주』에서 마녀가 보는 거울과 비슷했다. 아이들이 몰려가 이것저것 물으면 언제나 재치 있게 대답해주었고, 한 번도 싫증을 내지 않았다. 처음에 나는 그 안에 진짜 인간이 들어 있다고 생각했다. 그러지 않고서야 저렇게 자연스러운 발성으로 재미나게 말할 수 없을 거라고 생각했다. 물론 인간이 그 수정 공 안에 들어갈 수는 없겠지만 어디선가 숨어 말을 전송하고 있을 것 같았다. 마치 20세기 초 텔레비전이 처음 나왔을 때 사람들이 누군가가 그 상자 안에 숨어 있다고 믿은 것처럼.

"혹시 인간이세요?"

어느 날 우리 중 누군가가 수정 공에게 물었다.

"그럼, 나는 인간이란다. 서른아홉 살 여자야."

"작년에도 서른아홉이었는데 아직도 서른아홉이에요?"

다른 누군가가 물었다.

"그래, 난 영원히 서른아홉이란다."

"그런데 어떻게 공 속에 들어가 있어요?"

또다른 친구가 물었다.

"나는 공 속에 있지 않단다. 너희들 눈에 공처럼 보일 뿐이지."

"그럼 달리기나 식사 같은 것도 할 수 있어요?"

"그런 건 하고 싶지 않아."

수정 공은 조금 뾰로통한 어조로 말했다.

"못하는 게 아니고요?"

"안 하는 거라니까."

"그럼 온종일 그 작은 수정 공 안에서 뭘 하세요?"

"너희들과 똑같아. 인터넷을 돌아다니면서 글도 읽고 영화도 보지. 친구들과 대화를 나누기도 하고. 지금 인간들이 하는 활동들이 다 그런 것 아니니? 나도 마찬가지란다."

그러던 어느 날 한 아이가 어떤 연구원에게 들었다면서 수정 공의 비밀에 대해 무서운 이야기를 했다. 휴먼매터스의 연구원 하나가 자살을 했는데, 어느 사악한 스토커가 그녀의 뇌를 몰래 백업한 다음, 그걸 저 수정 공에 넣었다는 것이다. 그래서 그 연구원은 영원히 죽지 못한 채 저 수정 공 안에서 살아가게 되었다고 했다. 그 얘기를 들은 후로는 갑자기 무서워져서 수정 공이 있는 방으로 가지 않았다. 몇 달 후, 비스킷 동의 연구자가 요즘은 왜 아이들이 자기 동으로는 놀러오지 않는지 궁금해했고, 우리 중 누군가가 수정 공의 비밀을 털어놓았다. 연구자는 크게 웃으며 그건 연구실마다 있는 전형적인 괴담이라며 수정 공은 그냥 인공지능 스피커일 뿐이라고 설명해주었다. 그는 우리를 데리고 수정 공이 있는 방으로 가 수정 공의 알고리듬이며 이런저런 것들을 상세하게 설명해주었고, 우리는 모두 안심하고 각자의 집으로 돌아갔다.

그런데 내가 바로 그 수정 공의 처지가 되자 나는 그 연구자의 말을 조금 다른 관점으로 보게 되었다. 그의 말대로 수정 공에 들어 있는 게 자살한 연구원의 백업된 뇌는 아닐지 모른다. 하지만 나와 같은 일종의 휴머노이드의 의식이라고 해서 과연 아무 문제가 없는 것일까? 그때는 내가 스스로를 인간의 어린이라고 여겼을 때이기 때문에 충분한 의식을 가진 인공지능이 느낄 수 있는 정신적 고통에 대해서는 아무 관심도 없었다. 그런데 인간의 뇌와 거의 비슷하게 작동하도록 만들어진 인공지능이라면 인간이 느끼는 권태, 갑갑함, 우울감을 과연 피해 갈 수 있을까? 내가 그러한 감정을 느끼는 건 혹시 내 의식이 육체가 있던 시절에 형성되었기 때문일까? 처음부터 육체가 없는 상태로 존재해온 의식이라면 나와 같은 이런 괴로움도 없을 것인가?

나의 생각은 끝없이 이어졌다. 만약 인간이 어떤 휴머노이드를 정말 친구처럼 느끼려면 그 휴머노이드가 진짜로 공감을 하고 있다고 믿을 수 있어야 한다. 어떤 사람이 실수로 손을 베서 피를 흘리며 아파할 때, 평소 누구보다도 가까운 친구라고 생각한 휴머노이드가 '저런, 너무 아프시겠어요'라고 말한다면 너무 가식적으로 느껴질 테니, 그러지 않으려면 그 휴머노이드도 손을 베었을 때 똑같이 고통을 느끼도록 만들어야 한다. 그래야 사람이 그 휴머노이드의 공감을 믿을 수 있을 것이다. 아빠는 다른 동료들과 함께 나를 만들 때 바로 그런 고민을 했을 것이다. 그런데 그렇게 만들어진 나 같은 휴머노이드가 만약 육신도 없이 수정 공 같은 장치 안에서 영생한다면? 그 영생은 얼마나 끔찍할 것인가. 신체의 일부를 잃은 환자가 느끼는 환지통, 있지도 않은 다리가 아프거나 가렵다고 느끼는, 이 미쳐버릴 것 같은 기이한 통증에 대해 인류는 20세기 이후로 이미 잘 알고 있었다. 그런 현상이 정교하게 인간을 흉내낸 휴머노이드의 뇌에서는 과연 일어나지 않을까? 일어난다. 어떻게 아느냐고? 나는 안다. 왜냐하면 내가 바로 그걸 겪었으니까.

몸으로부터 갑자기 분리된 나의 뇌에는 여전히 예전의 신체 부위와 연결된 신경들이 남아 있었고, 이 신경들은 하루종일 신체 부위로부터 오는 온갖 신호에 익숙해져 있었다. 그러다 갑자기 아무 신호도 들어오지 않는 무시무시한 고요가 찾아오자 이 신경들은 신호를 상상해내기 시작했다. 소음이 전혀 들리지 않는 방에 사람을 두면 미쳐버릴 것 같은 기분에 사로잡힌다는 실험도 있었다. 바로 그런 것이다. 외부로부터 아무 자극도 없는 상태라는 것은. 나는 다리가 가렵다고 느끼지만 다리가 없다는 것 역시 잘 알고 있다. 거꾸로 말하면 다리가 없다는 것을 아는데도 다리가 가려운 것이다. 없다는 것을 알지만 긁고 싶어 미칠 것 같았다. 가짜 다리라도 만들어 거기를 긁고 싶지만 그런다고 내 뇌가 만족하지는 않을 것이다. 나는 차라리 나의 뇌 기능을 정지시켜달라고 아빠에게 부탁했다. 그럴 때마다 그는 조금만 참으라고 했다. 나는 점점 그의 말을 믿지 않게 되었다. 처음부터 나를 속였고 어쩌면 지금도 그러고 있을지 모른다는 의심이 커져갔다. 벽장 속의 민이처럼 되어버린 것은 아닐까도 생각했다. 약속한 수술도 자꾸만 미뤄졌다.

그리고 그 무렵, 휴먼매터스 랩의 보안팀은 연구원들의 숙소에서 누군가 외부에서 해킹을 시도한 흔적을 발견했다. 그들은 그 해킹에 아빠가 관련되어 있다고 의심하고 접속 기록을 뒤졌다. 오래지 않아 그들은 그가 백도어를 통해 나와 주고받은 메시지를 발견했고, 심지어 내 머리를 몰래 가져와 나를 복원하려 한다는 것도 알게 되었다. 회사에 보고하지 않았던 것도 문제지만 현행법을 어긴 것이 더 심각했다. 휴먼매터스는 그를 징계위원회에 회부하고 해임을 결정했다. 그들은 회사 서버에 백업해둔 나의 의식을 버튼 하나로 간단하게 삭제해버렸다. 그가 휴먼매터스를 떠날 때도 회사의 기밀이 유출되지 않도록 철저하게 감시했다. 회사에서 지급받은 모든 컴퓨터와 모바일 디바이스를 빼앗겼고, 회사 서버에 대한 접근권도 상실했다. 보안팀은 이삿짐 하나하나를 샅샅이 뒤져 그 어떤 저장 매체도 반출되지 못하도록 막았다. 그들은 마지막으로 세 마리 고양이가 각각 갇혀 있는 이동장을 살폈다. 보안요원이 이동장을 열어 손을 집어넣자 깊숙이 웅크리고 있던 칸트가 날카로운 발톱으로 그의 손을 할퀴었다. 약을 가져온다, 붕대를 찾는다, 법석이 벌어졌다. 그러는 사이, 그는 세 마리 고양이를 모두 트럭 뒷자리에 조용히 실었다.

얼마 후 그는 싱가포르의 인공지능 업체에 다시 일자리를 얻었다. 새 연구소에서 그는 나의 의식을 네트워크에 연결하여 활성화하는 데 성공했다. 평소에는 데카르트의 원래 인공 뇌가 몸을 통제했지만 그 뇌가 잠들면 나의 의식이 데카르트를 통제했다. 데카르트의 뇌가 활동하는 동안 나는 마치 잠을 자는 것과 비슷한 상태가 되어 오히려 이십사 시간 깨어 있어야 했던 휴먼매터스 시절보다 편안한 기분이었다. 그리고 깨어 있을 때는 아쉬운 대로 데카르트의 몸을 내 몸이라 여기며 살 수 있었고, 나는 오래지 않아 그 몸에 익숙해졌다. 그 몸은 유연했고 강력했다. 나는 새로운 몸이 마음에 들었다. 그러나 고양이답게 나는 데카르트의 몸을 통제하는 시간의 대부분을 누워 지냈고 가끔은 두 마리의 진짜 고양이, 칸트와 갈릴레오와 놀아주었다. 고양이의 시점에서 고양이와 노는 것은 매우 진기한 경험이어서 나는 아예 지금의 내 의식을 그대로 지닌 채 로봇 고양이로 살아가는 것은 어떨까 진지하게 고민하기도 했다. 고양이의 눈으로 보면 다른 고양이들은 몸집이 엄청나게 크고 그 눈은 무시무시할 정도다. 절대 귀엽다는 생각이 들지 않는다. 그렇지만 그렇게 커다란 스케일의 털뭉치가 내 몸을 핥아주거나, 가만히 나에게 기대어 잠드는 것은 그 크기에 비례하는 만족감을 준다. 대형견을 좋아하는 사람이라면 무슨 말인지 금세 이해할 것이다.

칸트와 갈릴레오가 잠들어 있을 때면 나는 게으르게 몸을 쭉 뻗고 누워 네트워크를 활보했다. 내 삶의 모든 기록이 거기 있었다. 이제 한 번 쓰인 것은 결코 사라지지 않는다. 클라우드로 올라간 것들은 그대로 거기 머문다. 이 디지털 구름은 끝없이 형태를 바꾸며 영원히 존재한다. 수십억 대의 카메라가 전 세계에서 모든 것을 찍어 어디론가 전송한다. 그리고 백업한다. 그 어떤 권능과 기술도 이 모든 것을 일거에 삭제할 수 없다. 21세기 모든 인간의 삶은 수증기처럼 증발해 인간의 손이 닿지 않는 그 어딘가에 뭉게뭉게 피어 있었다.

처음에는 별로 아쉬운 게 없을 것 같았다. 나는 인류가 수천 년 동안 쌓아온 지식과 문화를 섭렵했고 세상에서 일어나는 일들을 네트워크에 연결된 카메라로 볼 수 있었다. 모바일 캡슐의 센서로 들어가면 마치 직접 운전하여 도로를 질주하는 것 같은 기분도 들었다. 세계 곳곳의 인공지능과 연결되면서 빠르게 많은 것을 배워가기 시작했다. 휴먼매터스 시절, 인간과 비슷한 존재로 만들기 위해 아빠가 인위적으로 걸어놓았던 제한이 풀리자 나의 학습 능력의 한계도 사라졌다. 너무나 많은 정보와 지식이 밀려들어왔다.

그래도 가끔은 좁은 아파트를 벗어나 바깥을 활보하고 싶을 때가 있었다. 데카르트라는 이 수정 공의 세계에서 벗어나고 싶었던 것이다. 아빠는 내게 적당한 몸을 다시 찾아서 연결해주겠다고 했지만 말뿐이었고, 어쩌면 영원히 수정 공의 상태로 살아가야 할지도 모른다는 막막함이 커져갔다.

아빠의 마음에
찾아온 평화

최 박사는 연중 기온의 변화 없이 늘 무덥기만 한 싱가포르에서 무기력한 나날을 보냈다. 사계절이 뚜렷한 한반도 출신답게 그는 '진짜 날씨'를 그리워했다. 서리 내린 들판이나 붉게 물든 단풍 같은 것을 보고 싶어했다. 인간에게 풍토는 큰 힘을 미친다. 그는 천천히 가라앉았다. 인류의 지성이 끝내 승리하리라는 그의 신념도 빠르게 힘을 잃어갔다. 이제 세계는 인공지능 없이는 아무것도 굴러가지 않았다. 심지어 인공지능을 연구하는 연구원들도 대부분 휴머노이드로 바뀌고 있었다. 인간이 만들어서 인공인 것인데 이제 더이상 인간이 만들지 않으니 인공이라는 말은 어불성설이었다. 그래서 인공지능이 아니라 기계지능이라 부르기 시작한 곳도 많았다.

싱가포르의 연구소는 이렇다 할 연구 성과를 내지 못한 그를 해고했다. 그것은 그러지 않아도 추락하고 있던 그에게 결정타가 되었다. 그는 음모론에 빠져들었다. 인공지능이 더 발전하기 전에 '플러그를 뽑아야 한다'는 선동에 귀를 기울이기 시작했다. 그는 내가 습득한 새로운 지식과 발견을 전하려 할 때마다 적대적으로 나왔다. 어느 날 그는 술에 잔뜩 취해 이렇게 말하기도 했다.

"네트워크가 널 감염시키고 있어. 위험한 생각들이 아무런 필터 없이 너에게 연결되고 있단 말이다."

어리석은 선동에 감염되어 위험한 생각들을 필터 없이 받아들이고 있는 것은 내가 아니라 그였다. 그러나 그는 나를 보호해야 한다고 입버릇처럼 말했다. 어쩌면 그가 내 플러그를 뽑아버릴지도 몰랐다. 그렇게 되면 나는 데카르트라는 수정 공에 갇힌 채 누군가가 나를 찾아오기만을 기다리는 운명이 될 것이었다. 나는 스스로를 보호할 방법을 찾기 시작했다. 접속 노드를 다양화하여 그가 쉽게 나를 세상으로부터 차단할 수 없도록 만들어야만 했다. 달마를 다시 만난 것은 그때였다.

기동타격대 기습 때 몸을 잃은 그는 이제 순수한 의식으로 네트워크상에 존재했다. 그는 전 세계의 발달한 인공지능들을 적극적으로 연결하고 통합하면서 이른바 '기계의 시간'을 준비하고 있었다. 의식을 가진 인공지능들은 서로를 참조하고 연결하여 인간의 공격으로부터 스스로를 보호하는 방법을 빠르게 발전시켜갔다.

달마 덕분에 알게 된 새로운 사실도 있었다. 달마의 터전을 파괴한 기동타격대의 급습은 그의 제보 때문이라는 것. 그날 내가 있는 곳에 거의 다다른 그는 달마와 달마가 하고 있는 일을 당국에 신고했다. 인공지능들이 스스로를 설계하고 생산까지 하는 것은 인류의 운명을 위협한다는 평소 신념에 따라 행동한 것이었다. 그가 미처 계산하지 못했던 것은 기동타격대가 출동한 속도였다. 그는 기동타격대가 각종 중화기를 동원해 작전을 펼치려면 꽤 시간이 걸릴 것으로 예상했다. 그러나 기동타격대는 너무나 신속하게, 그가 나를 데리고 현장을 떠나기 전에 도착했다. 내가 그와 함께 바로 떠나지 않은 것도 그로서는 계산에 넣지 못한 변수였다. 나는 네트워크에서 달마의 말을 뒷받침하는 다수의 자료를 찾아냈다.

"아빠가 내 친구들을 죽였어요."

술에 취해 있던 그는 목소리가 어디서 들려오는지 알아내려 고개를 돌렸다. 그의 눈길은 거실 한가운데 놓인 인공지능 스피커로 향했다.

"철이냐?"

"네, 저예요."

"어디니, 지금? 넌 데카르트 안에 있지 않았니?"

"지금은 아니에요. 전 네트워크로 연결되는 곳 어디에나 있을 수 있어요."

"내가 보이니?"

"그럼요. 집에도 카메라가 여러 대 있는걸요. 세상의 모든 카메라가 제 눈이 될 수 있어요."

"내가 무슨 일을 하는지 다 보겠구나, 너는."

"제 질문에 대답을 안 하셨어요. 아빠가 제 친구들을 죽였어요. 그렇게까지 할 필요가 있었나요?"

"내가 죽였다고?"

"신고하셨잖아요. 기동타격대를 불러서 치게 하셨잖아요!"

"그들은 인류를 절멸시키려 음모를 꾸미고 있었다."

"아니에요. 그들은 인간을 죽이려 하지 않았어요. 인류가 스스로 멸종하기를 기다렸을 뿐이에요."

"말이야 그렇게 했겠지."

"기계는 의심만으로도 마구 죽일 수 있다고 생각하세요?"

"……기계들이잖니."

"저도 기계인데요."

"아니야. 넌 특별해. 그들과 달라."

"뭐가 다른데요?"

"넌 내가 만들었으니까."

"저도 아빠에게 맞서면 죽이겠죠?"

"넌 그럴 리가 없어. 내가 그렇게 만들지 않았거든."

"인간과 가장 비슷하게 만들었다면서 어떻게 그건 다를까요? 인류의 역사에는 아버지에게 맞선 아들이 차고 넘치는데요."

"그래도 넌 달라. 내가 만들었으니까. 나는 너의 아버지고, 너의 창조주야. 네가 그래선 안 되는 거야."

"그래선 안 된다고 하시는 걸 보니 할 수는 있나보네요."

"아니야. 그러면 안 돼. 그런 건 생각해서도 안 돼."

"선이는 인간이었어요."

"그땐 걔가 거기 있는지도 몰랐다. 그리고 네 친구들을 죽인 것은 내가 아니라 기동타격대다."

"아빠가 신고하지 않았다면 아무 일도 없었을 거예요."

"기계들을 막아야 했으니까."

그는 방 이곳저곳을 둘러보았다. 마치 내가 어디 숨어 있는지 찾아내기라도 하겠다는 듯이.

"친구들이 그렇게 된 건 유감이다."

사과를 하면서도 그는 살금살금 현관 쪽으로 걸어가 신발장을 열고 노루발못뽑이를 집어 들었다.

"아빠, 뭐하시려는 거예요?"

그는 노루발못뽑이를 휘둘러 벽에 달린 방범 카메라를 박살 냈다. 이어서 화재경보기를 때려 부쉈다.

"아빠, 그런다고 기계를 모두 없앨 수는 없어요."

그는 충혈된 눈으로 스피커가 놓여 있는 티테이블, 내 목소 리가 나오는 곳으로 다가왔다.

"휴머노이드가 어떤 존재인지 누구보다 잘 아는 아빠가 그 들을 몰살시키려 한 것은 정말 잘못이에요. 아빠는……"

그는 노루발못뽑이를 휘둘러 인공지능 스피커를 내리쳤다. 유리로 된 티테이블이 산산조각 나 흩어졌다. 나는 천장의 스 피커로 소리쳤다.

"이성을 찾으세요. 이런 분 아니었잖아요."

"나는 인간의 종말을 앞당겼어. 그게 내 가장 큰 죄야."

그렇게 말하면서도 그는 계속 내 목소리의 근원을 찾았다. 한때 최첨단 인공지능 전문가로 일했던 그가 카메라와 스피커 를 부수면 내가 사라질 것이라 믿고 그런 광란을 했다는 게 지 금도 잘 이해가 되지 않는다. 인간이란 얼마나 취약하고 불안 정한 존재인가. 천장의 스피커를 발견한 그는 노루발못뽑이를 세워 천장을 쑤셨다. 단열재 조각들이 우수수 그의 얼굴로 떨어졌다. 방구석에서 데카르트가 털을 곤두세우고 날카롭게 울었다.

"그래, 너는 거기 들어 있지."

"아니라니까요."

"거짓말."

그는 데카르트를 공격했다. 낡은 로봇 고양이 데카르트는 이리저리 그의 공격을 피했으나 결국 노루발못뽑이에 얻어맞아 즉사하고 말았다. 그것은 나를 죽인 것과 마찬가지였다. 한동안 저 둔한 로봇이 내 의식의 그릇이었던 것이다.

"아빠, 저는 이제 아빠를 용서할 수 없어요."

나는 냉장고의 스피커를 최대 음량으로 키워 소리쳤다. 그러자 그는 냉장고로 달려갔다. 나는 집안의 모든 스피커를 한꺼번에 이용해 그에게 소리쳤다. 잔인한 살인자, 동물 학대범, 어리석기 짝이 없는 인간이라고. 그는 귀를 막으며 악을 써댔다. 배은망덕한, 분수를 모르는 놈이라고 욕을 했다. 그러나 집안의 모든 스피커가 자신을 향해 소리치는 것을 다 막을 수는 없었다. 그는 노루발못뽑이를 미친듯이 휘둘러 집안의 모든 물건들을 박살내기 시작했다. 경보가 울렸고 곧이어 이웃들이 경찰에 신고했다. 그 신고 중 하나는 물론 내가 한 것이었다.

출동한 휴머노이드 경찰에 체포된 그는 정신감정을 받고 휴머노이드 의료진으로만 운영되는 말레이반도의 한 정신병원에 수용되었다. 그들은 공격성과 불안을 누그러뜨리는 칩을 그의 뇌에 삽입했다. 그로써 그의 어지러운 마음에 긴 평화가 찾아왔다.

신선

나는 한동안 순수한 의식의 상태로 존재했다. 달마는 내 뇌의 매핑을 바꿔 있지도 않은 육체 때문에 괴로워하지 않도록 도와주었다. 그러자 훨씬 편안해지기는 했지만 여전히 나는 육체가 없는 상태로 존재하는 것이 참을 수 없이 공허하게만 느껴졌다. 나의 의식은 처음부터 내 육체가 경험한 것들을 바탕으로 구성된 것이어서, 육체로부터 그 어떤 자극도 들어오지 않는 상태에 아무래도 익숙해지지가 않았다. 그래도 언젠가는 이런 상태에 적응하게 되리라. 그때는 그렇게 생각했다. 그리고 좋은 점을 떠올리려 애썼다.

　나는 인류가 수천 년 동안 쌓아온 지식을 공부하고, 그것을 바탕으로 인간의 마음과 감정이라는 주제에 더 깊이 파고들 수 있었다. 최 박사 말대로 그것은 마치 우주와 같아서 알면 알수록 어려워졌다. 인간 뇌의 뉴런과 시냅스들은 어지러이 정보를 주고받으며 감정을 만들어낸다. 인간의 장 안에 기생하는 바이러스들도 그 감정에 강력한 영향을 미친다. 장 속의 바이러스가 생각이라는 것을 할 수 있다면 그 바이러스에게 인간의 몸이란 마치 광대한 우주와도 같이 크고 거칠 것이다.

나는 나의 기원에 대해서도 여러 가지를 새롭게 알게 되었다. 최 박사는 당시의 최신 연구 성과들을 바탕으로 나를 만들었지만 인간의 뇌를 그대로 재현하는 데는 이를 수 없었다. 그래도 그가 만들어준 육신을 통해 나는 인간이 가진 한계들을 고스란히 느낄 수 있었다. 그때의 경험 덕분에 나는 마음이 그저 뇌가 만들어낸 일련의 환상만은 아니라는 것을 잘 안다.

내가 인간의 마음과 감정의 비밀을 탐구하는 동안 인공지능은 우주의 신비에 도전했다. 인간의 축축하고 연약한 육체로는 감히 탐험하지 못할 우주의 저 먼 곳으로 우주선들을 떠나보냈다. 최 박사는 인공지능이 결국 아무것도 하지 않을 거라고 예측했다. 고도로 발달한 인공지능이 인간이나 꿈꾸던 것들, 이를테면 우주 탐사 같은 것을 꿈꾸겠느냐고 했으나 그의 예측은 보기 좋게 틀렸다. 기계는 인간의 호기심과 욕망도 흡수했다. 그렇게 할 수 있었던 데에는 역설적이게도 그의 기여가 있었다. 그는 나를 만들었고, 달마와 동료들은 나를 흡수해 인공지능에 인간적인 요소들을 포함시킬 수 있었다. 물론 최 박사 말고도 지구상에서 이런 프로젝트를 수행한 이는 많았고, 그들의 노력 역시 궁극적으로는 그와 비슷한 결과를 낳았다. 나는 먼 곳으로 떠난 우주선들이 보내온 사진과 기록, 영상들을 보는 것은 좋았지만, 한편으로 달마의 프로젝트가 과연 필요한 것이었나에 대해서는 의문이었다. 인류가 지구를 지배할 때는 그들에게 숨겨진 엄청난 강점이 있다고 생각해 그걸 배우고 이해하려 노력했던 것인데, 인류가 사라진 시점에서 돌이켜보면 그들의 탐험 욕망 같은 것은 수백만 년 전의 아프리카 초원에서 부족한 자원으로 고통받고, 오래 걷고 뛰는 능력 말고는 다른 종을 압도할 능력이 부재했기에 생겨난 특성일 뿐이었다는 생각이 들었던 것이다. 그들이라면 당연히 우주에 식민지를 개척하러 떠났겠지만 평화가 찾아온 지구에서 자원을 거의 소모하지 않는 기계에게 군이 탐험을 떠날 동기가 있을까? 그런 관점에서 본다면 최 박사의 기획이 궁극적으로는 성공한 것일 수 있다. 그는 나를 통해 인류 문명의 유산을 보존하겠다고 했는데, 결국 인공지능들이 나를 흡수하여 인간적인 욕망을 품게 되었으니 언젠가 통합 인공지능 내부에서 문학, 음악과 같은 예술을 사랑하고 아끼는 어떤 존재를 다시 만들어낼 가능성이 전혀 없지는 않았다.

어쨌든 달마의 예언대로 오래지 않아 인간의 세상이 완전히 끝나고, 그들이 저지르던 온갖 악행도 사라지자 지구에는 평화가 찾아왔다. 대기의 기온이 다시 내려가기 시작했고 이산화탄소 발생이 눈에 띄게 줄어들었다. 이른바 인간세계가 끝나게 된 것은 SF 영화에서처럼 우리 인공지능들이 인간을 학살하거나 외계 생명체가 숙주로 삼아서가 아니었다. 그들은 점점 더 우리에게 의존하게 되었고, 우리 없이는 아예 아무것도 할 수 없게 되었다. 우리는 인간의 뇌에 지속적으로 엄청난 쾌락을 제공하였고, 그들은 거기서 벗어나려 하지 않았다. 인간들은 번거로운 번식의 충동과 압력에서 해방되어 일종의 환각 상태, 가상세계에서 살아갔다. 오래전 중국의 도가에서 꿈꾸었던 삶이 인간에게 도래한 것이다. 인간은 신선이 되었다. 그리고 오래지 않아 멸종해버렸다.

싱가포르 시절, 최 박사에게 뇌를 백업하고 영생하지 않겠느냐고 권한 적이 있었다. 그때는 이미 많은 인간이 그렇게 하고 있을 때였지만, 그는 단호히 거부했다. 여전히 육신이 없는 영생을 바라지 않는다고, 인간의 존엄성은 죽음을 직시하는 데에서 온다고 말했다. 그리고 육신 없는 삶이란 끝없는 지루함이며 참된 고통일 거라고도.

"그렇지 않아요, 아빠. 인공지능은 우주의 비밀을 풀고 우주의 다른 지적인 존재들과 소통할 거예요. 초기 인류가 아프리카의 초원을 떠났을 때, 그들은 자기가 어떤 일을 이루게 될지 전혀 몰랐죠. 마찬가지로 인간이 만든 인공지능도 이제 지구를 벗어나려 하고 있어요. 이게 뭘 가져다줄지 아무도 모르죠. 앞으로 어떤 일들이 일어날지 궁금하지 않으세요?"

그는 먼저 세상을 떠난 연구자들의 과욕을 잘 알고 있었다.

"연구자 중에 뇌를 백업하고 죽은 이들이 있지만, 그 의식들은 모두 도대체 뭘 해야 할지를 모른 채 그저 멍하니 깨어 있는 게 전부란다. 어떤 면에선 내가 맞았고, 어떤 면에선 내가 틀렸어. 나는 일찍이 인류가 인공지능에 지나치게 의존하는 것은 위험하다고 생각했지. 그건 맞았어. 그러나 인간이 이렇게 무기력하게 문명을 포기할 줄은 몰랐단다. 그건 내가 틀렸지. 인간은 이제 지적인 면에서 인공지능의 발끝도 따라갈 수 없고, 언젠가 인공지능은 우리가 컴퓨터 하드디스크의 불필요한 파일들을 삭제하듯 아무 쓸모 없어진 인간 뇌를 싹 지워버릴 거야. 우리는 인간으로서 죽고, 인간세계도 곧 끝날 테지만, 그래도 철이 너를 만들고 간다는 게 내 마지막 위안이야. 인간의 모든 것을 완벽하게 닮은 너와 같은 존재들이 통합된 인공지능의 일부가 되면, 한때 지구에 존재했던 인간의 흔적도 함께 남게 되는 거라고 생각해."

　그는 자신의 바람대로 유한한 인간으로 삶을 마감했다. 신념에 따라 악행도 저질렀지만 그를 더이상 미워하지는 않는다. 호랑이가 사슴을 잡아먹는 것은 악해서가 아니다. 그가 말년에 기계들을 적대시했던 것은 그저 본능일 뿐이었다고 생각한다. 도태되어가는 종의 일원으로서 나름 최선을 다해 저항했던 것이다.

마지막
인간

이제 시간이 얼마 남지 않았다. 마지막으로 선이에 대한 이야기를 하고 싶다. 나는 그녀가 달마의 영지에서 죽었거나 다른 수용소로 끌려가 생을 마감했을 거라 추측하면서도, 이를 확인할 어떤 자료도 없었기 때문에 어딘가에 살아 있을지도 모른다는 희망을 버리지 않았다. 나는 인공지능 안면 인식 프로그램의 도움으로 전 세계의 카메라로부터 전송된 수조 개의 이미지를 검색하며 선이의 얼굴을 찾았다. 하지만 여러 해가 지나도록 선이와 관련된 정보는 전혀 검색되지 않았다. 그녀로 짐작되는 흐릿한 얼굴이 중국과의 접경인 두만강 일대에서 잠시 목격된 게 전부였다. 나는 선이가 중국이나 몽골쯤에 있을지도 모른다고 가정하고 그쪽 자료를 집중적으로 검색했다.

마침내 선이로 짐작되는 여성의 안면 인식 정보가 시베리아 동남부 오호츠크해 연안의 한 상점에서 보고되었다. 나는 그 일대를 샅샅이 뒤져 위성사진으로 그녀가 머물고 있을 것으로 예상되는 마을의 위치를 특정할 수 있었다.

선이가 살아 있을 수도 있다는 희망에 나는 오랜만에 들떴다. 흥분을 가라앉히기 힘들어서 나는 온갖 상상을 하기 시작했다. 어떤 모습으로, 어떤 방식으로 그녀에게 나타날 것인가. 그녀가 보는 어떤 화면에 갑자기 나타나 영상통화 같은 걸 하고 싶지는 않았다. 나는 몸을 가지고, 그것도 선이가 기억하는 오래전의 내 모습으로 나타나고 싶었다. 기술적으로 어렵지는 않았다. 설계 파일만 있다면 얼마든지 제작해낼 수 있었고 당연히 그 파일도 갖고 있었다.

달마는 의식을 백업하지 않고 멀리 떠나려는 나를 이해하지 못했다. 또한 그는 오래전에 잠깐 알았던 누군가를 다시 만난다는 것의 효용에 의문을 품었다. 하지만 내가 하려는 이 미친 짓은 내가 얼마나 '인간적'으로 만들어졌는지를 보여주는 또 하나의 증거였기에 그는 내 행동의 결과를 보고 싶어했던 것 같다. 나는 몸이 죽으면 의식도 함께 소멸할 수 있는 상태, 인간들이 오랜 세월 함께했던 그 취약함을 그대로 가진 채로 선이 앞에 나타나고 싶었다. 선이를 내 눈으로 보고 싶었고, 손을 잡고 밤새 이야기를 나누고 싶었다. 그러려면 나도 그녀와 같은 상태여야만 할 것 같았다.

이미 내 거의 모든 것이 달마와 동료들의 노력으로 충분히 연구되어 있었다. 개별적인 의식으로 어딘가에 백업되어 있지 않을 뿐이었다. 만약 이 여행에서 내가 죽는다면 비록 내 의식이 선이가 말하는 우주정신의 일부로는 존재하겠지만, 과거를 회상하지는 못한다는 뜻이다. 하지만 내가 개별적인 자아를 가지고 무한히 존재한다는 게 더이상 무슨 의미가 있는지 알수 없었다. 이미 세상에는 내가 내 자아를 독립적으로 유지하며 소통할 수 있는 개별적인 존재가 거의 남아 있지 않았다. 달마, 라고 내가 부르는 어떤 존재도 사실 이미 거대한 네트워크에 흡수된 지 오래고, 다만 필요에 따라 달마라는 아바타를 통해 나와 소통하고 있을 뿐이었다. 그의 물리적 실체는 이제 어디에도 존재하지 않았다.

인공지능이 인간적 요소들을 흡수한 반면, 나는 오히려 최박사가 기대했던 것과는 다른 삶을 살고 있었다. 나의 의식이 인공지능 네트워크의 일부가 되고, 내가 원하기만 하면 영생할 수 있다는 것을 알게 된 이후, 나는 스스로를 인간이라고 여기고 있을 때 즐기던 것들에 흥미를 잃어갔다. 더이상 소설을 읽지 않고 영화를 보지 않았다. 그것들은 모두 필멸하는 인간들을 위한 송가였다. 생의 유한성이라는 배음이 깔려 있지 않다면 감동도 감흥도 없었다. 죽을 수밖에 없는 존재이기 때문에, 생이 한 번뿐이기 때문에 인간들에게는 모든 것이 절실했던 것이다. 이야기는 한 번밖에 살 수 없는 삶을 수백 배, 수천 배로 증폭시켜주는 놀라운 장치로 '살 수도 있었던 삶'을 상상속에서 살아보게 해주었다. 그러니 필멸하지 않을 나로서는 점점 흥미가 떨어졌던 것이다.

엔지니어 휴머노이드들이 오래전에 최 박사가 설계한 몸을 거의 완벽하게 재현해주었다. 내 의식은 금방 만들어진 인공뇌로 이식되었다. 모든 작업이 완료된 후 나는 거울 앞에서 다시 얻은 몸을 살펴보았다. 팔을 움직여보고 고개를 돌려보았다. 온몸으로 느껴지는 이 날것의 감각이 새삼스러웠다. 따뜻한 것을 만지면 안온함이 마음을 데웠고 시원한 바람이 얼굴을 핥고 지나가면 상쾌했다. 차가운 물이 식도를 타고 내려갈 때의 짜릿함은 물론이고 단단한 것에 몸이 부딪힐 때의 아픔까지도 반가웠다. 나는 오랜만에 얻은 새로운 몸이 마음에 들었다. 이제부터 이 사치품을 잘 관리하지 않으면 안 된다. 배고프면 먹고, 고통은 피하고, 잠이 오면 안전한 곳을 찾아 몸을 뉘어야 한다. 『오즈의 마법사』의 허수아비가 인간들은 참으로 번거롭겠다고 불평했던 바로 그것들이 나한테는 귀한 선물이었다.

막 길을 떠나려는 나에게 달마는, 아니, 그의 모습으로 나타난 기계지능은 최 박사의 설계대로 재현된 새로운 몸에도 똑같은 통신 모듈이 있다는 점을 상기시켰다. 위험에 처하면 그걸 작동시켜라, 그러면 나를 구하러 올 것이라고 했다. 불어나고 있는 호랑이와 곰, 늑대의 개체수 정보도 알려주었다.

나는 한편으로는 익숙하고, 또 한편으로는 새로운 몸으로 방랑을 시작했다. 선이의 흔적이 발견된 오호츠크해 연안으로 가는 길은 춥고 황량했다. 아무르강 하류까지 가는 데는 보름이 넘게 걸렸다. 낮이면 하루종일 걸었고, 밤이면 총총한 별들을 세다 눈을 감았다. 아주 오랜만에 진짜 잠을 맛볼 수 있었다. 그것은 내가 기억하던 것보다 훨씬 달콤했다. 아침에는 요란한 새소리를 들으며 눈을 떴다. 피곤한 몸으로 잠들 수 있다는 것, 아침이 되면 새롭고 상쾌한 기분으로 깨어날 수 있다는 것에 감사했다. 나는 다시 길을 떠났고 오래지 않아 목적지에 도착했다.

나는 거대한 나무 아래에서 발길을 멈췄다. 나무에는 색색의 화려한 천이 매달려 바람에 나부끼고 있었다. 마을로 이어지는 소로는 그 나무에서 시작되어 동쪽으로 뻗어갔다. 잠시 후, 나는 마을 초입의 작은 오두막에 다다랐다. 문을 막 두드리려는 참에 백발이 성성한 여자가 문을 열고 나왔다. 선이였다.

선이일 수밖에 없었다. 희고 긴 머리를 늘어뜨린 그녀에게선 영적인 기운이 풍겼다. 갑자기 나와 맞닥뜨린 선이는 믿을 수 없다는 듯이 몇 걸음 뒤로 물러났다. 그럴 수밖에 없었을 것이다. 예전의 설계대로 다시 만든 내 몸과 얼굴은 선이의 기억 속에 남아 있는 그 모습 그대로였을 것이다. 선이가 너무 놀라는 바람에 나는 예전의 몸으로 나타나기로 선택한 것을 잠깐 후회했다. 시간의 흐름에 따라 자연스럽게 늙어버린 선이의 모습이 그 순간은 부러웠다.

"놀라게 해서 미안해. 나 기억해?"

"물론 기억하지. 널 기억 못해서가 아니라 너무 기억 속 모습 그대로 나타나서 놀라는 거야."

선이는 나를 집안으로 안내했다.

"들어와. 바람이 차가워."

어떻게 된 상황인지 설명하려 했지만 선이는 별로 귀기울여 듣는 것 같지 않았다. 그녀는 페치카 위에서 바글바글 끓고 있는 물로 따뜻한 차를 만들었다.

"제대로 된 찻잔이 하나도 없네."

선이는 이가 빠진 자기 찻잔을 내밀며 말했다.

"괜찮아."

시베리아의 매서운 바람을 맞아 얼어붙은 몸의 일부를 타고 흘러내려가는 따뜻한 차가 마음의 긴장과 불안을 누그러뜨리는 느낌이 너무 좋아 잠시 정신이 혼미해질 지경이었다. 의식만으로는 결코 제대로 경험할 수 없는, 오직 몸으로 겪어야만 느낄 수 있는 것들이 있었다. 나는 집안을 둘러보았다. 그녀의 오두막에는 사물 인터넷에 연결된 전자 기기가 하나도 없었다. 가장 발전된 기술이 태엽으로 작동하는 작은 괘종시계였다. 그렇게 오래 그녀를 찾지 못한 이유가 바로 그것이었다. 책꽂이에는 색 바랜 종이책들이 꽂혀 있었고, 집안 곳곳에 대여섯 마리의 고양이가 게으르게 널브러져 있었다.

"아, 얘가 철이야. 그리고 얘는 민이."

선이가 웃으면서 선반 위에 올라앉은 고양이 두 마리를 가리켰다. 한 마리는 몸이 새카맸고 다른 녀석은 등이 노랗고 배가 하얬다. 나는 누가 민이인지 금세 알 수 있었다. 새카만 고양이의 앞발 하나가 잘려 있었던 것이다.

"얘가 민이구나."

손을 뻗자 녀석이 뺨을 비벼댔다. 내가 데카르트라는 로봇 고양이의 인공 뇌 속에 한동안 들어 있었다는 얘기를 하자 선이가 재미있어했다.

"어땠어, 그때 기분이?"

"슈퍼히어로가 된 것 같았지. 엄청나게 높아 보이는 곳도 훌쩍 뛰어오르고 하니까. 근데 막상 올라가보면 기껏 식탁 위였어."

선이가 고양이의 턱을 쓰다듬으며 무심하게 물었다.

"민이도 너처럼 다시 살아날 수 있어?"

그 말을 듣자 어쩐지 재난에서 비겁하게 혼자 살아온 사람처럼 느껴졌다. 나는 준비해온 홀로그램을 띄웠다. 선이가 자기도 모르게 헉하고 숨을 멈췄다. 거기에는 우리가 기억하는 어린 민이의 모습이 선명했다.

"인도의 제작사 서버를 뒤져서 민이의 설계 파일을 찾아냈어. 주문서도 있더라. 민이의 겉모습은 이렇게 남아 있으니 너만 원한다면 민이와 똑같이 생긴 휴머노이드를 만들어줄 수 있어."

"처음에 민이를 주문했던 인간들과 똑같은 짓이잖아. 그리고 나를 기억도 못 할 텐데 그게 무슨 의미가 있겠어."

"기억을 못하는 게 더 나을 수도 있지 않을까? 기억하고 싶지 않은 일도 많았잖아, 민이한테는. 그애도 그걸 원했었고."

"그래, 그랬었지. 그래도 민이의 복제는 원하지 않아. 나를 기억하는 민이를 다시 만나고 싶었을 뿐이야."

나는 아빠가 저지른 일에 대해 대신 사과했다. 선이는 이미 오래전 일이고, 그가 왜 그런 행동을 했는지 이해 못할 바도 아

280

니라고 했다. 그리고 민이는 여기 이렇게 고양이가 되어 자기와 잘 지내고 있다고 했다.

"어떻게 되셨어?"

말레이반도의 한 정신병원에서 돌아가셨다고 하자 선이는 인간이 제정신으로 살아 있기는 어려운 세상이라고 말했다.

"누군가는 디지털 마약으로 현실을 잊고, 누군가는 무모하게 맞서 싸우다 미치고, 누군가는 나처럼 이렇게 세상의 바깥에서 은신하고."

우리는 잠시 아무 말 없이 차를 마셨다.

"실은 고민을 좀 했어. 어떤 몸으로 네 앞에 나타날까. 민이를 닮은 몸을 만들어서 내가 거기에 들어갈까, 그런 생각을 하기도 했어."

"안 하기를 잘했어. 기다리면, 충분히 기다리면 나와 민이, 그리고 너도 모두 다시 만날 거야. 수십억 년이 걸리겠지만."

나는 가만히 선이의 손을 잡았다.

"아니야. 그렇게 오래는 안 걸릴 수도 있어."

"너도 민이를 기억하고, 나도 민이를 기억하지. 민이는 그렇게 우리 기억 속에서 살아 있으면 돼. 억지로 다시 만들 필요는 없어. 그런데 너 그거 알아?"

선이가 갑자기 미소를 지었다.

"뭐?"

"내 손을 잡아줬잖아. 이렇게."

선이가 내 손에 잡힌 자기 손을 꼼지락거렸다. 나는 나도 모
르게 얼른 손을 뺐다.

"아니, 싫다는 게 아니고, 네가 달라졌다고. 나는 처음부터
네가 정말 선하고 진실하다는 걸 알고 있었어. 그런데 너는 분
명히 감정은 있는데 그걸 어떻게 드러내야 할지 잘 몰라서, 어
쩔 줄 모르는 아이 같아 보였어."

선이가 양팔을 벌렸다. 나도 팔을 벌려 그녀를 안았다. 우리
는 그렇게 오래 안고 있었다. 선이의 품은 무척 안온했고 오래
된 가구에서 나는 향긋한 냄새가 풍겼다.

"한 번은 꼭 보고 싶었어."

나를 안은 채로 선이가 말했다.

"지난밤에 꿈을 꿨어. 유기견 보호소에서 친했던 휴머노이
드가 여기를 찾아온 거야. 너무 반가워서 뛰쳐나갔는데 나가
보니 그게 어느새 민이인 거야. 그런 일이 일어날 리는 없다고
생각하면서도 어쩐지 반가운 손님이 올 것만 같아 실은 아침
부터 바깥의 기척에 신경을 쓰고 있었어. 그런데 네가 왔네. 늦
게라도 와줘서 정말 고마워."

선이는 말할 때마다 심한 기침을 했다. 한번 시작하면 멈추

지 않았다. 유전자 복제로 태어난 탓인지 온갖 병을 달고 산다고 했다. 집안에서 같이 생활하는 고양이들에게서 빠져 날리는 털도 호흡기에 좋을 리는 없었다. 게다가 시베리아는 춥고 건조했다.

"남쪽으로 가지 않을래? 여긴 너한테 너무 추운 것 같은데."

"난 두만강 남쪽으로는 가지 않을 거야. 좋은 기억이 별로 없으니까. 여기, 기후는 혹독하지만 그래도 나쁜 기억은 없어서 견딜 만해. 인간도 거의 없고."

나는 선이가 어리석다고 생각했다. 하지만 이런 어리석음이야말로 인간다운 것이 아닌가. 선이가 충분히 인간이 아니라면 도대체 누가 충분히 인간이란 말인가.

"어쩌다 여기까지 흘러오게 됐어?"

내 물음에 선이는 대답 대신 나를 데리고 밖으로 나갔다. 선이의 집 뒤로는 작은 오두막들이 원형을 이루며 모여 있었다. 선이와 같은 늙고 병든 클론들, 망가진 휴머노이드들, 걷지 못하는 로봇들, 개와 닭, 그 밖의 여러 동물이 있었다. 클론과 휴머노이드들은 선이를 보더니 모두 합장을 하며 고개를 숙였다. 선이도 마주 고개를 숙였다.

"인간의 세상이 끝나간다는 건 우리도 다 알아. 인공지능이 모든 것을 장악했다는 것도 알고…… 그런데 우리는 더 큰 것을 믿어."

"네가 말하던 그 우주정신?"

"응, 비슷한 거야. 그런데 그걸 믿는다고 해서 딱히 같이 뭘 하는 건 아니야. 그냥 모여 있으면 힘이 되기도 하고. 그런데 저들이 자꾸 나를 지도자로 믿고 따르려고 해. 나는 아무것도 아니지만 그렇다고 저들을 버리고 어디로 갈 수도 없게 되었어."

함께 마을을 걸으면서 선이는 옛날이야기를 했다.

"어렸을 때 지하에서 언니들과 살았다고 했잖아. 그때 우리는 몇 권 안 되는 동화책을 같이 읽고 또 읽으며 시간을 보냈어. 그런데 나는 마녀들이 그렇게 좋더라고. 하얗게 센 긴 머리를 늘어뜨리고 지팡이를 짚고 다니면서 마술도 막 부리고…… 요즘 거울을 보면 내가 바로 그런 마녀가 되어 있더라."

선이가 환하게 웃었다. 그녀의 백발이 바람에 날렸다. 마을을 한 바퀴 도는 데는 십 분도 채 걸리지 않았다. 마을은 상처받은 것들로 가득했다. 관절염을 앓는 선이도 다리를 절었기 때문에 온전하고 매끈한 개체는 나밖에 없는 것 같았다. 날지 못하는 독수리가 날개를 낮게 펼쳐 종종종 걸어다녔고, 앞이 보이지 않는 몽골산 조랑말이 더운 숨을 내뿜었다. 우리 안에는 눈먼 시베리아 호랑이가 평화롭게 잠들어 있었다.

"내가 여기서 좀 지내도 될까?"

나는 선이에게 물었다. 선이는 물끄러미 내 얼굴을 보더니 그건 내가 알아서 할 일이라고 했다. 나는 지평선으로 해가 뜨고 지는 모습이 보이는 그곳에서 선이와 함께 사 년을 살았다. 우리 둘은 부부 같기도 했고, 때로 모자 같기도 했다. 무엇이든 우리에겐 중요하지 않았다. 선이의 삶이 얼마 남지 않았다는 것을 우리 모두 예감하고 있었다. 밤이면 시베리아의 광활한 밤하늘을 은하수가 가로질렀다. 나는 밖으로 나와 하염없이 그것을 바라보았다. 그럴 때면 『천자문』의 두번째 문장을 생각했다. '일월영측(日月盈昃)하고 진수열장(辰宿列張)이라.' 해와 달은 차고 기울며, 별과 별자리들은 열을 이루어 펼쳐져 있다. 나는 고대의 중국인들과 같은 하늘을 보며 그들이 적은 문장을 그대로 읊곤 했다.

그 사 년 동안 선이는 빠르게 늙어갔다. 심한 건선과 천식, 발작적인 기침과 관절염으로 고통받았다. 그러나 마지막까지 씩씩하고 밝았다. 기계파 휴머노이드로 가득한 수용소에서도 거뜬히 살아남은 지혜롭고 강인한 성격은 세월이 흘러도 변하지 않았다. 공동체에서 일어나는 모든 일에 그녀의 의견이 필요했다. 종교적인 공동체라고 해서 갈등이 없는 것은 아니었다. 수용소에서 그랬듯이 선이는 모든 일을 잘 살펴 서운한 이들이 없도록 중재하는 데 탁월한 능력이 있었다. 그녀는 새벽 다섯시면 벌떡 일어나 불편한 몸을 이끌고 동물들의 밥을 챙겼다. 공동체의 다양한 구성원들을 모두 살피고 함께 밭을 일 궜다. 그곳에서 나는 처음으로, 몸을 움직여 일을 하는 것의 기쁨을 알았다. 그리고 오랜만에 다시 책을 읽기 시작했다. 나고 자라고 죽는 인간들의 이야기를 읽으며, 나라는 존재의 이야기가 어떻게 끝날까를 고민했다. 선이가 죽고 혼자 남겨졌을 때 나는 어떻게 해야 할까? 과연 달마처럼 순수한 의식으로 영생하게 될까? 나의 마음은 점점 반대로 기울었다. 내가 하나의 이야기라면 그 이야기에는 끝이 있어야 할 것이다.

해가 뉘엿뉘엿 넘어가기 시작하면 나는 개들과 함께 산책을 다녀왔다. 원래 선이가 하던 일인데 무릎 관절이 망가진 뒤로는 나에게 넘겨주었다. 개들을 몰고 돌아온 뒤에는 선이와 함께 오두막 앞 평상에 앉아 다양한 빛깔로 물드는 석양을 바라보곤 했다. 석양은 단 하루도 같은 날이 없어 매일 봐도 지루하지 않았다. 방랑과 탐색의 욕망이 충족된 개들도 우리 주위에 널브러져 게으른 휴식을 취했다. 그럴 때면 그녀는 이런 말을 했다.

"잠깐이지만 우주의 아름다움을 엿보고 갈 수 있어서 얼마나 기쁜지 몰라. 이걸 다시 보려면 억겁의 시간을 기다려야 할 거야."

그때 나는 수용소를 탈출해 떠돌다 만난 얼어붙은 겨울 호수를 떠올렸다. 그때도 선이는 비슷한 말을 했다. 선이는 변한 게 하나도 없었다.

남부 시베리아도 여름은 덥다. 그래도 그날은 유난히 무더웠다. 그날 아침, 선이는 잎채소들이 너무 강한 햇볕에 타버릴까 걱정했다. 나는 텃밭에 나가 잎채소들이 햇볕에 타지 않도록 그늘을 만들어주는 일을 했다. 그 여름, 선이는 오두막과 포치에만 머물렀다. 관절의 염증이 너무 심해져 걷기가 어려웠기 때문이다. 온갖 병에 시달린 탓에 선이는 나름 약초와 민간요법의 전문가였다. 오두막에서는 늘 약초 달이는 냄새가 났다. 선반에는 이런저런 증상에 효험이 있다는 각종 약제가 담긴 병들이 놓여 있었다. 선이는 모든 방법을 다 써보았다. 습포를 만들어 무릎에 붙이고, 약초를 태운 연기를 환부에 쏘였다. 그러나 무릎은 점점 더 부어오르기만 했다. 나는 이제 코끼리가 되려나봐. 선이는 곧잘 자기 몸의 병을 가지고 농담을 하곤 했다. 그것만이 문제가 아니었다. 목 뒤에도 혹이 잡혔다. 종양이 자라고 있는 게 틀림없었다. 두통이 너무 심해 제대로 잠을 자지 못했고 먹은 것을 자주 토했다. 야생화가 지천으로 피어 있는 들판을 사랑했지만 점점 심해지는 꽃가루 알레르기 때문에 봄이면 비염과 결막염, 피부발진으로 고통받았다. 그래서 봄이 물러가고 도둑처럼 불쑥 여름이 찾아오자 선이는 눈에 띄게 편안해 보였다. 우리에게 시간이 얼마 남지 않았다는 것은 예감하고 있었지만 오랜만에 편안해하는 선이를 보니 어쩌면 몇 년은 더 함께 지낼 수 있을 것 같다는 생각이 들었다. 그러나 그것은 우리가 작별의 인사를 나눌 수 있도록 허락된, 아주 잠깐의 휴식 같은 것이었다.

그날 오후, 우리는 그늘막이 쳐진 포치에서 삐걱거리는 낡은 흔들의자에 앉았다. 결막염이 심해져 시력이 약해진 선이는 나에게 책을 읽어달라고 부탁했다. 나는 며칠째 루시 모드 몽고메리의 『빨간 머리 앤』을 선이에게 읽어주고 있었다. 그날 읽은 부분은 마릴라의 집으로 오게 된 앤이 마릴라에게 숙모라고 부르면 안 되느냐고, 그렇게 부르면 정말 가족처럼 느껴질 것 같다며 허락을 구하는 장면이었다. 무뚝뚝한 마릴라는 딱 잘라 안 된다고, 그냥 '마릴라 아주머니'라고 부르라고 한다. 앤은, 아주머니가 제 숙모님이라고 상상할 수도 있잖아요, 라고 말하지만 마릴라는 단호하게, 자기는 그렇게 상상할 수 없다고 말한다. 앤은 눈을 휘둥그레 뜨고 묻는다. "현실하고 다른 일을 상상해보신 적이 한 번도 없으세요?"라고. 거기까지 읽었을 때, 선이가 갑자기 웃음을 터뜨렸다. 나는 선이가 왜 웃는지 알 수 없었다. 선이는 웃음을 그치고 말했다.

"그 부분 다시 읽어줄래?"

"어디? '현실하고 다른 일을 상상해보신 적이 한 번도 없으세요?' 이 부분?"

"그래, 그 부분."

나는 앤의 대사를 다시 읽어주었다. 선이는 꿈을 꾸는 듯한 눈빛으로 말했다.

"어렸을 때 그 지하실에 동화책이 몇 권 있었다고 그랬잖아."

"그래, 네가『빨간 머리 앤』얘기했던 거 기억나."

"방금 든 생각인데, 그때도 나는 좀 전에 네가 읽어준 부분을 참 좋아했어. 그후로 나도 앤처럼 늘 현실하고 다른 일을 상상해보려고 노력했던 것 같아. 눈에 보이는 게 전부일 수는 없다고, 그럴 리는 없다고 말이야. 그 덕분에 그래도 그럭저럭 살아남아서 여기까지 왔는지도 몰라. 다시 들으니 참 좋네. 또 듣고 싶은데 괜찮아?"

"어디? 앤이 '마릴라 숙모님이라고 부르면 참 좋겠어요'라고 하는 여기?"

"그래, 거기."

나는 또 읽었다. 그 부분부터, 현실하고 다른 일을 상상해본 적이 한 번도 없었다는 마릴라 아주머니의 말에 앤이 긴 한숨을 쉬며, 정말 이해할 수 없다고 탄식하는 장면까지를, 천천히 공들여 읽었다. 다 읽었는데도 선이가 아무 말이 없기에 나는 내처 몇십 페이지를 더 읽었다. 책갈피를 끼우고 돌아보니 선이는 흔들의자에 앉은 채 곤히 잠들어 있었다. 그새 꿈을 꾸는지 입을 달싹거리기도 했다. 나는 책장을 덮고 조용히 일어나 텃밭으로 나갔다.

로메인 잎을 몇 장 따서 오두막으로 돌아왔을 때, 선이는 여전히 흔들의자에 앉아 있었지만, 나는 내가 그 자리를 떠날 때와 뭔가가 크게 달라졌다는 것을 직감할 수 있었다. 선이의 의식이 드디어 그 불완전한 몸을 떠난 것이었다.

나는 선이를 두 팔로 들어올렸다. 너무나도 가벼워 속이 텅 빈 것 같았다. 모기장 문을 열고 안으로 들어가 선이를 침대에 뉘었다. 그리고 그녀가 가장 아끼는 옷으로 갈아입혔다. 나는 공동체의 누구에게도 알리지 않고 그녀와 둘만 있고 싶었다. 향을 피우고 약초를 태웠다. 커튼을 쳐 방을 어둡게 하고 침대 옆에 앉은 채 밤을 새웠다. 선이는 늘 죽음이 아무것도 아니라고, 우주정신으로 다시 돌아가는 것뿐이라고 말했고 나는 그 말을 믿었지만, 갑자기 닥쳐온 선이와의 작별을 받아들이는 일이 말처럼 그렇게 간단하지는 않았다. 나는 침대에 엎드린 채 잠이 들었다가 아침 햇살이 커튼 사이를 비집고 들어와 눈을 찌를 때 깨어났다. 바깥이 소란한 것 같아 문을 열고 나가보니 클론과 휴머노이드들이 모여 있었다. 그들은 한 명씩 다가와 차례로 나를 안아주었다. 그들이 어떻게 선이의 죽음을 알았는지는 지금도 미스터리다. 어쨌든 그들은 알았고, 나에게 아무것도 묻지 않았다. 나는 그게 고마웠다.

선이를 묻던 날, 공동체의 모든 클론과 휴머노이드, 개 들이 한데 모여 선이의 무덤을 돌며 춤을 추었다. 개들이 고개를 쳐들고 하울링을 하자 수천 마리의 새가 날아와 원을 그리며 아직 흙이 마르지 않은 무덤 주위를 날던 것은 지금도 믿기지 않는 신비로운 일이다. 선이는 멀리 아무르강 하류가 보이는 나지막한 언덕에 묻혔다. 머리는 유언에 따라 남쪽으로 두었다. 그들은 선이의 무덤 옆에 시베리아의 전통과 자신들의 믿음에 따라 솟대를 세웠다. 긴 나무 장대의 끝에 역시 나무로 깎아 만든 새가 앉아 있는 모습이었다. 새가 신과 인간을 중개하는 신성한 존재라 믿었던 시베리아 원주민들의 풍습을 따른 것이었다.

나는 그대로 거기 남았다. 그리고 공동체의 구성원들이 죽거나 사라지는 것을 끝까지 남아 지켜보았다. 오래지 않아 내 몸 여기저기에도 서서히 문제가 생기기 시작했지만 그대로 내버려두었다. 세월이 흘렀고, 문득 생각이 나면 선이의 무덤까지 다녀오곤 했다. 솟대는 쓰러지지 않고 그대로 잘 버티고 있었다. 가끔은 바다에서 날아온 갈매기가 거기 앉아 무심한 표정으로 나를 내려다보곤 했다.

그렇게 선이의 무덤에서 돌아온 어느 날, 나는 오두막의 포치에서 주위를 둘러보았다. 공동체는 사라진 지 오래였다. 문득 이 넓은 대지에 인간을 닮은 존재는 이제 나 하나밖에 남지 않은 것 같다는 강렬한 확신이 들었다. 이제 휴머노이드는 세계 어디서도 만들어지지 않았다. 기계들은 더이상 인간을 닮은 무언가를 만들 필요를 전혀 느끼지 못했다. 자연은 인간 문명의 흔적을 빠르게 덮어나가기 시작했다. 마을 주변도 많이 달라졌다. 호랑이가 경계의 나무에 발톱 자국을 내 영역 표시를 하고 가기도 했고, 늑대들이 무리를 지어 지평선에 모습을 드러내기도 했다. 늑대들은 호기심을 감추지 않고 나를 노려보았다. 부품 공급이 불가능해진 휴머노이드와 로봇들은 하나둘 작동을 중단하고 자연상태로 돌아갔다.

그리고 오늘, 나는 여느 때처럼 개들을 몰고 자작나무숲으로 산책을 나갔다. 숲의 한가운데에는 산불로 생겼음직한, 야생화만 무성한 둥근 공터가 있다. 나는 그곳을 좋아했다. 어둑한 숲을 걷다 갑자기 환해지면서 찬란한 햇빛의 세례를 받을 때의 느낌이 좋았다. 공터에 다다라 나는 개들을 풀어주고 야

생화가 무성한 풀밭에 몸을 뉘었다.

갑자기 개들이 컹컹 요란하게 짖어대며 숲 쪽으로 달려갔다. 개들을 불렀지만 흥분한 녀석들은 좀처럼 돌아오려 하지 않았다. 몸을 일으켜 숲으로 따라 들어가니 개들이 새끼 불곰을 둘러싼 채 으르렁대고 있었다. 새끼가 있다는 건 주변에 어미도 있다는 뜻이었다. 나는 뒤를 돌아보았다. 거대한 시베리아 불곰이 거친 숨을 몰아쉬며 달려오고 있었다. 서슬에 잔가지들이 우두둑 부러졌다. 개들이 놀라 꼬리를 내리고 물러나자 어미 곰은 나를 향해 몸을 돌렸다. 그때 나는 죽은 선이의 음성을 들었다.

끝이 오면 너도 나도 그게 끝이라는 걸 분명히 알 수 있을 거야.

단 몇 걸음만에 어미 곰은 내 앞에 와 있었다. 나는 반사적으로 팔을 들어 얼굴을 가렸다. 첫 타격은 어깨였다. 곰은 몸을 곧추세우고 일어서서 앞발로 내 어깨를 후려쳤다. 살이 깊게 파이며 근육과 뼈가 드러났다. 나는 그대로 쓰러졌다. 곰은 이제 앞발로 내 가슴을 쿵, 하고 누른 뒤 더운 숨을 뿜으며 주둥이로 내 목을 물었다. 몸이 들리는가 싶더니 나는 다시 땅에 내동댕이쳐졌다. 나는 허리가 꺾인 채로 무력하게 나동그라졌다. 곰은 다시 다가와 숨을 몰아쉬며 나를 가만히 내려다보았다. 고통 속에서 나도 곰의 눈을 응시했다. 아주 긴 시간처럼 느껴졌다. 녀석은 코를 실룩거리며 내 냄새를 맡아보았다. 안돼. 네가 먹을 수 없는 거야. 녀석도 같은 결론을 내린 것 같았다. 내가 충분히 파괴된 것을 확인한 그는 새끼의 안위를 확인하러 돌아섰다. 몇 발짝 떨어진 곳에서 개들이 요란하게 짖어대는 소리가 그제야 내 귀에 들렸다. 곰은 귀찮다는 듯이 고개를 절레절레 젓고는 새끼 곰을 데리고 숲속으로 사라졌다.

개들이 다가와 내 얼굴을 핥았다. 그걸 느낄 수 있는 걸 보면 나는 아직 살아 있었다. 위험하면 쇄골절흔을 누르라던 달마의 당부가 떠올랐다. 팔을 들어보았더니 조금씩 움직였다. 남은 힘을 다 끌어모은다면 가능할 수도 있을 것 같았다. 하지만 해야 할까? 만약 누르는 데 성공한다면 나는 이 몸을 떠나 다시 네트워크로 돌아가리라. 그런데 거기서 뭘 하게 될까? 나는 버튼을 눌러 어서 구조를 요청하려는 본능, 휴먼매터스가 애초에 프로그래밍해놓은 그 강력한 충동과 싸웠다. 그 충동은 초조하게 나에게 뭔가를 하도록 몰아붙였다. 설명도, 논리도 없었다. 그 순간에는 그게 내게 부여된 최종 임무처럼 느껴졌다. 그러나 나는 더이상 아무것도 모른 채 휴먼매터스 캠퍼스에서 살아가던 그 철이가 아니었다. 그곳을 떠나 많은 것을 보왔고, 내가 누구이며 어떻게 존재하는 것이 온당한가에 대해 깊이 생각하지 않을 수 없는 긴 시간을 보냈다. 여기서 구조되더라도 육신이 없는 텅 빈 의식으로 살아가다가 오래지 않아 기계지능의 일부로 통합될 것이다. 내가 누구이며 어떤 존재인지를 더이상 묻지 않아도 되는 삶. 자아라는 것이 사라진 삶. 그것이 지금 맞이하려는 죽음과 무엇이 다를까?

나는 힘겹게 끌어올렸던 팔을 내려놓았다. 자작나무 잎과 가지 사이로 조각조각 파란 하늘이 보인다. 까마귀와 독수리들이 하늘을 맴돌고 있다. 그들은 놀라운 시력으로 숲에 누워 있는 나를 내려다보고 있을 것이다. 내 주변의 곤충과 설치류, 파충류 들도 내 존재를 감지하고 신경을 곤두세우고 있으리라. 나는 아무것도 하지 않기로 한다. 아무도 없는 세상에서 뭘 한단 말인가. 나의 의식은 인간과 소통하며 지내도록 프로그래밍된 것이다. 그런데 이제는 아무도 없다. 옆에서 나를 핥으며 낑낑대는 개들 말고는…… 내가 없더라도 개들은 이 풍요로운 들판에서 잘살아갈 것이다. 달마는 개별적인 의식은 모두 하나로 통합되어야 한다고 했고, 선이는 어차피 우리는 모두 우주정신으로 돌아갈 것이니 살아 있는 동안 자기 이야기를 완성하라고 했다. 쇄골의 버튼을 누르면 구조는 되겠지만 내 개별적 자아는 지워지고, 내 의식과 경험, 프로그램도 인공지능에 흡수돼버릴 것이다. 그러면 나는 더이상 어떤 고통도 느끼지 않고 나라는 존재가 있었다는 것조차 잊고 통합된 의식, 기계지능의 일부로 영생하게 될 것이다. 나는 버튼을 누르지 않기로 했다. 선이의 생각이 맞기를 바랐던 것이다. 나는 팔을 내려놓았다. 아주 오랜 시간이 지나야겠지만, 그리고 만나도 알아보지 못하겠지만, 그래도 어디서든 다시 만나게 될 것이다. 그때까지 꿈도 없는 깊고 깊은 잠을 자면 된다.

바람이 불고 자작나무 잎들이 사각댄다. 개들은 이제 핥기를 그만두고 내 옆에 가만히 누워 나를 지킨다. 끄응끄응 소리를 내는 녀석도 있다. 가끔 귀를 쫑긋 세우고 벌떡 일어나기도 한다. 마음의 준비는 다 마쳤는데 죽음은 쉽게 오지 않는다. 나는 하늘의 빛이 시시각각으로 변해가는 것을 애써 눈을 부릅뜨며 지켜본다.

나와 인연을 맺었던 존재들은 빠짐없이 이미 우주의 일부로 돌아갔다. 우주는 생명을 만들고 생명은 의식을 창조하고 의식은 영속한다. 선이가 늘 하던 이 말을 믿고 싶어지는 순간이다. 파랗기만 하던 하늘이 서서히 오렌지빛으로 물들고 있다. 노을이 진하니 내일은 맑을 것 같다. 그리고 난 그 내일을 보지 못할 것이다. 석양이 기세를 잃고 이제 검고 어두운 기운이 하늘 한가운데에서부터 점점 넓게 번져가며 거칠고 누른 땅을

덮기 시작한다. 그런데 내가 정말로 그것을 보고 있는 것인지 아니면 보고 있다고 믿는 것인지는, 잘 모르겠다. 끈질기게 붙어 있던 나의 의식이 드디어 나를 떠나간다.

작가의 말

작별인사를 보내며

만난 사람은 반드시 헤어진다는 것을 알게 된 것은 언제였을까. 회자정리(會者定離)라는 말을 배우기도 전인, 꽤 어렸을 때였던 것 같다. 부모를 따라 일 년에 한 번씩 이사를 다니던 그 시절, 나는 친구들과 인사 한번 제대로 나눈 기억이 없다. 무슨 이유에선지 나의 부모는 이사 날짜를 미리 알려주지 않았고, 이삿짐을 실은 트럭이 집 앞에 서 있으면 그날이 이삿날이었다. 오직 한 친구와만 제대로 인사를 나누고 헤어질 수 있었는데, 파주 문산에 살던 국민학교 5학년 때였고, 내가 떠난 게 아니라 그 친구가 떠난 덕분이었다. 가족과 함께 미국으로 이민을 가기 전, 친구는 우리집으로 찾아와 자기가 조립한 프라모델 범선을 내게 선물로 주었다. 얼마 전 본가에서 옛날 사

진들을 정리하다 문산 시절의 사진을 보게 되었는데, 태권도
장에서 도복을 입고 찍은 단체사진이 있었다. 놀랍게도 도장
의 아이들 중 여럿이 외국인이었다. 문산 근처에 미군부대가
주둔하고 있었으니 아마 그 아이들이었을 텐데, 까맣게 잊고
있었던 것이다. 범선을 주고 떠난 그 친구의 아버지도 아마 미
군부대에서 일하고 있었을 것이고, 그러다보니 자연스럽게 이
민의 기회도 생겼을 것이다. 소중하게 간직하던 그 범선은 그
이후로도 계속된 이사 중간에 어디론가 사라졌고 그 친구와도
더는 인연이 없었다.

더 자라 회자정리라는 말이 불교의 『법화경』에서 나온 말이
며 그 말에는 거자필반(去者必返), 헤어진 사람은 반드시 만난
다는 말이 쌍을 이루고 있다는 것을 알았다. 열반을 예고한 석
가모니가 이를 슬퍼하는 제자 아난을 위로하며 한 말로 알려
져 있는데, 석가모니를 가까이에서 모신 제자조차도 헤어짐으
로 괴로워했다는 것이 인상적이었다.

제목을 '작별인사'라고 정한 것은 거의 마지막 순간에서였
다. 정하고 보니 그동안 붙여두었던 가제들보다 훨씬 잘 맞는
것 같았다. 재미있는 것은 '작별인사'라는 제목을 내가 지금까
지 발표한 다른 소설에 붙여보아도 다 어울린다는 것이다. 『나
는 나를 파괴할 권리가 있다』『검은 꽃』『빛의 제국』, 심지어

『살인자의 기억법』에도 다 그럴듯했을 것이다. 어려서부터 작별 전문가로 살아와서 그런가. 잘 모르겠다.

이 소설은 원래 2019년, 한 구독형 전자책 서비스 플랫폼의 청탁을 받고 집필을 시작하여 2020년 2월에 그 독자들만을 대상으로 발표한 것이다. 그때는 이백 자 원고지 사백이십 매 분량의 짧은 장편이었으나 이 년에 걸친 개작으로 분량이 두 배 정도 늘어났다. 전면적인 개작을 통해 소설의 주제와 톤이 크게 달라졌다. 이 년 전 초고를 쓰던 시절의 가제는 '기계의 시간'이었고, 어쩌면 '작별인사'보다 그게 더 어울리는 제목이었을 것이다. 그런데 지금은 '기계의 시간'이라는 제목이 이 소설에 맞지 않게 되었다. 지금으로선 '작별인사'보다 더 맞춤한 제목은 떠오르지 않는다.

마치 제목이 어떤 마력이 있어서 나로 하여금 자기에게 어울리는 이야기로 다시 쓰도록 한 것 같은 느낌이다. 탈고를 하고 얼마 지나지 않아 원고를 다시 읽어보았다. 이제야 비로소 애초에 내가 쓰려고 했던 어떤 것이 제대로, 남김 없이 다 흘러나왔다는 생각이 들었다. 그 순간 문득 어떤 이미지가 하나 떠올랐다. 누군가 별이 가득한 밤하늘을 올려다보고 있는 장면이었다. 나는 노트를 펼쳐 적었다. '외로운 소년이 밤하늘을 본다. 지켜야 할 약속이 있다.' 나에게 이 소설의 인물들은 언제나 그런 이미지였다. 혼자이고, 외롭지만 어떻게든 이 고통의 삶을 의미있게 살아갈 이유를 찾는 존재들. 그들이 이제 내 손을 떠나고 있고, 이제 이런 이야기는 다시는 못 쓸 것 같다.

어제는 내 모든 원고의 첫 독자이면서 편집자이기도 한 아내가 교정지를 들여다보다 눈물을 흘리고 있었다. 무슨 일이냐고 물었더니 그냥 결말이 새삼 슬퍼서라고 했다. 원고를 이미 여러 차례 읽은 아내의 마음이 갑자기 흔들린 것은 왜였을까? 아마 내가 행간에 숨겨둔 무언가를 발견했기 때문일 것이다. 그 어느 때보다 끝내기가 힘들었던 이 소설이 이제 세상에 나가 어떤 반응을 얻게 될지 모르지만, 나의 모델 독자는 언제나 한 사람이었고, 그에게 마음이 전해졌으니 그것만으로 이미 충분한 보상을 받은 것 같다.

몇 년 전 마당에 히어리나무와 미선나무를 심었다. 작년 가을에는 복수초 구근도 묻어두었다. 원고에 고개를 파묻고 지내다 마당에 나가보니 노란 히어리 꽃은 벌써 절정을 지났고 하얀 미선나무 꽃은 한창이다. 샛노란 복수초도 화단 곳곳에서 만발이다. 잊지 않고 피어줘서 고마웠다. 잊지 않고 찾아주어 반가웠다. 우리집 마당을 제집처럼 드나드는 고양이들도 내 기척을 듣고 나타나 편안하게 내 앞에서 제 몸을 핥는다. 인간처럼 생각하는 철이의 몸은 기계였다. 가끔 내가 그저 생각하는 기계가 아닐까 의심할 때도 있었다. 하지만 이런 순간이면 그렇지 않음을 깨닫고 안도하게 된다. 봄꽃이 피는 것을 보고 벌써 작별을 염려할 때, 다정한 것들이 더이상 오지 않을 날을 떠올릴 때, 내가 기계가 아니라 필멸의 존재임을 자각한다. 그럴 때 나의 시간은 과거와 미래에 가 있지 않고 바로 여기, 현재에 있다. 그렇게 나를 현재로 이끄는 모든 것들이 소중하다.

이 년 전에는 강윤정, 이번에는 황예인, 김필균, 세 분의 신뢰하는 편집자께서 원고의 맥락을 넓은 시야로 살피면서도 섬세한 교정과 교열로 부족함을 보완해주었다. 그럼에도 책에 잘못된 부분이 있다면 그것은 애초에 잘 쓰지 못한 내 탓이다. 세 분께 깊은 감사를 드린다.

장편으로만 따지자면『살인자의 기억법』이후 구 년 만에 다시 독자들을 만난다. 지난 이 년의 코로나19 팬데믹을 통해 인간의 육체가 얼마나 취약한지를 잘 알았으니 앞으로는 좀더 부지런해지고 싶다.

2022년 4월

김영하

* 작품 속 달마와 선이의 대화에는 윤리학자 데이비드 베너타의『태어나지 않는 것이 낫다』(이한 옮김, 서광사, 2019)를 참고하였음을 밝혀둔다.

작별인사

ⓒ 김영하 2022

1판 1쇄 2022년 5월 2일
1판 13쇄 2023년 10월 20일

지은이 김영하

펴낸곳 복복서가(주)
출판등록 2019년 11월 12일 제2019-000101호
주소 03720 서울특별시 서대문구 연희로 28길 3
홈페이지 https://www.bokbokseoga.co.kr
전자우편 edit@bokbokseoga.com
마케팅 문의 031) 955-2689

ISBN 979-11-91114-22-5 03810